THE NEW GATE
ザ・ニュー・ゲート

風波しのぎ
Kazanami Shinogi

17.皇国防衛戦

Illustration：晩杯あきら

目次　Contents

「THE NEW GATE」世界の用語について

●ステータス

LV：	レベル
HP：	ヒットポイント
MP：	マジックポイント
STR：	力
VIT：	体力
DEX：	器用さ
AGI：	敏捷性
INT：	知力
LUC：	運

●距離・重さ

1セメル=1cm
1メル=1m
1ケメル=1km
1グム=1g
1ケグム=1kg

●通貨

ジュール（J）	：	500年後のゲーム世界で広く流通している通貨。
ジェイル（G）	：	ゲーム時代の通貨。ジュールの10億倍以上の価値がある。

ジュール銅貨	=	100J		
ジュール銀貨	=	ジュール銅貨100枚	=	10,000J
ジュール金貨	=	ジュール銀貨100枚	=	1,000,000J
ジュール白金貨	=	ジュール金貨100枚	=	100,000,000J

●六天のギルドハウス

一式怪工房デミエデン（通称：スタジオ）	『黒の鍛冶師』シン担当
二式強襲艦セルシュトース（通称：シップ）	『白の料理人』クック担当
三式駆動基地ミラルトレア（通称：ベース）	『金の商人』レード担当
四式樹林殿パルミラック（通称：シュライン）	『青の奇術士』カイン担当
五式惑乱園ローメヌン（通称：ガーデン）	『赤の錬金術師』ヘカテー担当
六式天空城ラシュガム（通称：キャッスル）	『銀の召喚士』カシミア担当

主な登場人物
Main Characters
セティ・ルミエール
515歳。ハイピクシー。
ゲーム時代のシンのサポートキャラ。
妖精郷で精霊と暮らしていた。
フィルマ・トルメイア
521歳。ハイロード。
ゲーム時代のシンのサポートキャラ。
姉御肌でパーティのムードメーカー。
ティエラ・ルーセント
157歳。エルフ。強力な呪いの
名残で髪の大部分が黒い。故郷を
追放され、シュニーに保護された。
シン
本編の主人公。
21歳。ハイヒューマン。
オンラインゲームで
名を馳《は》せた最強プレイヤー。
デスゲームクリア後、500年
後のゲーム世界に飛ばされる。

シュバイド・エトラック
521歳。ハイドラグニル。
ゲーム時代のシンのサポートキャラ。
竜皇国キルモントの初代国王。
シュニー・ライザー
521歳。ハイエルフ。
ゲーム時代のシンの
サポートキャラ。
500年間シンを待ち続けた。
ミルト
89歳。ハイピクシー。
ロリ巨乳が特徴の
元プレイヤー。
戦闘狂として
有名だった。

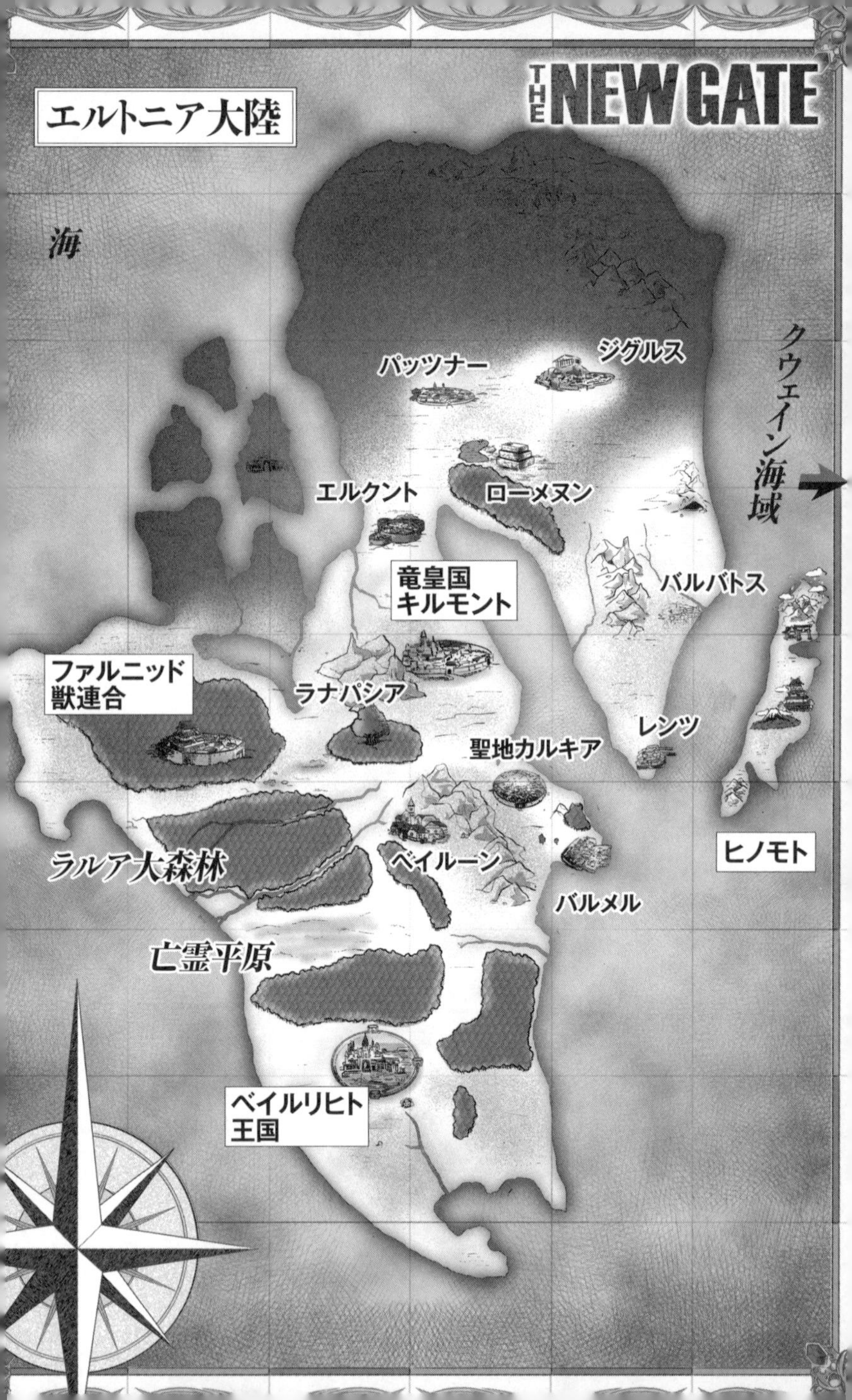
THE NEW GATE
エルトニア大陸
海
クウェイン海域
ジグルス
パッツナー
エルクント
ローメヌン
竜皇国
キルモント
バルバトス
ファルニッド
獣連合
ラナパシア
レンツ
聖地カルキア
ベイルーン
ヒノモト
ラルア大森林
バルメル
亡霊平原
ベイルリヒト
王国

Chapter1 竜の国へ

THE NEW GATE

小国パッツナーにおいて、街を襲うモンスターと戦闘を繰り広げたシン。

【洗脳《ブレイン・ウォッシュ》】状態にあった巨竜ドゥーギンを解放し、黒幕と思《おぼ》しきヘルスクリームを倒した直後、シンとサポートキャラクターのフィルマは、しばらく周囲を窺《うかが》っていた。

しかし、もう誰かが隠れているとか、仕込みがあるということはなかった。

2人は同じくサポートキャラクターのセティと合流し、残ったガルマージとキキューズを、協力して掃討していった。

「――とりあえず、こんなところか」

刀を鞘に納め、シンは一息つく。

広範囲を攻撃できる魔術が使えるとはいえ、ドゥーギンの発生させていた雲は幅が限定されていることを含めてもなかなかに広い。

モンスターであるガルマージたちがいたのは、雲の下にあった汚染エリア内だけだったが、ヘルスクリームが倒されたからか、しばらくすると汚染エリアの外に向かい始めた。

この世界の住民にとっては一匹でも危険な存在。

シュニーも呼び寄せて、とにかく少しでも多くモンスターを駆除するべく、魔術を使い続けた。

マップの反応を元に、範囲内に味方や無関係の人がいないのを確認して攻撃する。

ガルマージたちはドゥーギンの後に続いて移動していたようで、汚染エリア全体にモンスターがいるというわけではなかった。

汚染エリアもドゥーギンが発生させていた雲がなくなると、その下にあったエリアも通常の状態に戻っている。さすがに枯れた草木までは元に戻らなかったが、汚染された状態のままよりはましだ。

マップで確認できる範囲内すべてのガルマージとキキューズを倒し、シンたちはパッツナーに向けて移動を始めた。

おそらく、シンたちの手を逃れた個体もいるだろう。しかし、この場にいるメンバーで今回発生したモンスターを一匹残らず狩りつくすのは困難だ。

マップも都合よく、ガルマージとキキューズだけを表示することはできない。

今回はドゥーギンたちを恐れて、他のモンスターや動物がいなくなっていたからこそ効率的に処理できた。

だが、モンスターや動物が混在するエリアに入られると一匹一匹処理していかなくてはならない。

そうなるとシンたちだけではとても手が足りなかった。

パッツナーの常備軍に頼もうにも、移動速度が違いすぎて今からでは捕捉は不可能だ。

「何もなければいいけどな」

「これぱかりはどうしようもないわよ。範囲が広すぎるわ」

「私の知るかぎり積極的に人を襲うモンスターじゃないから、そこに期待するしかないわね」

応援として駆けつけたセティが首を振って否定し、フィルマが困ったように眉根を寄せながら言った。

掃除屋と呼ばれるガルマージとキキューズ。設定上、わざわざ生きている動物やモンスターを襲わずとも、死体さえあれば生きていける。

死体がいくつもあるような場所が、簡単に見つかるようなところにあっては困るが、モンスターの特性としてそういった場所を感知できるとも聞いたことがある。

わざわざ人やその集落などを襲うことはないとシンは思いたかった。

「とりあえず、何が起こったのか説明しないとな」

「どこまで話すの？　人がモンスターになりましたっていうのは、今の世の中じゃ珍しいんじゃなかったっけ？」

小さく首をかしげながらセティが言う。

フィルマは『界の雫《しずく》』に封印されていた期間が長く、封印前後の情勢の違いをまだ完全に把握してはいない。

セティのほうも、妖精卿に引きこもり状態だったので、状況は似たようなもの。ただ、こちらは外に出られないわけではないのでそういった情報収集はしていたらしい。

「ことがことだからな。話さないわけにもいかないだろ。信じるかどうかは、向こうの判断に任せるしかない。ただ、実際にモンスターが出てるわけだからな。俺たちみたいにゲームの知識があるわけじゃないし、受け入れやすくはあるんじゃないか?」

人、それもプレイヤーのモンスターへの変貌《へんぼう》。ドゥーギンを操っていた隷属の首輪に似た対象を操るアイテム。

このふたつだけでも、シンの持つ【THE《ザ》 NEW《ニュー》 GATE《ゲート》】の知識と大きく違っている。

この世界の住民は、シンたちの知る知識のほとんどを知らない。

王族や貴族のような特権階級となれば得られる情報も桁《けた》違いだろうが、それでもシンたちとは比べものにならないほど少ないはずだ。

なので、むしろそういうものかと受け取ってくれるのではないか、とシンは考えていた。

「確かに、昔より技術レベルはかなり下がってるもんね。当たり前にあった街灯の話で驚かれるくらいだし。まあ、昔が栄えすぎてたっていうのもあるけど」

街に着いた直後にしていた話を思い出したのか、セティが視線を上に向けながら言った。

「かつてのようになるのは、おそらく不可能でしょう。今とは様々なものが違いますから」

昔のことを思い出しているのだろう、シュニーが表情を変えずに言う。

「どちらにしろ、まずは戻ってからだな。一応、ユズハには心話で先に伝えておこう」

周囲に目をやりながら、めぼしいものはないことを入念に確認してからシンたちは走り出す。

シンは素の能力のまま。

シュニーとフィルマは身体強化を使ってそれを追う。

そして、セティは地面をすべるように移動してついてきた。

「飛行じゃないな。移動系スキルのアレンジか？」

ホバー移動にも見えるそれは、フィルマの鎧に付与されている魔力を噴射して跳躍の補助をする機能とは少し違う様子だ。

「これは無系統と風術を組み合わせた私のオリジナル、と言いたいところだけど、実際は自分を浮かせながら風術を推進力にしているだけよ。前々から練習してたんだけど、結構速いでしょ？」

全力ではないとはいえ、シンについてこられるあたり、魔導士の出す速度ではなかった。

セティのステータスは魔術の威力や制御に重点を置いているので、シンやシュニーのように、残像を残すくらいの高速移動をすることはできない。

それを、自分なりのやり方で克服しようとした結果らしい。

ちなみにフィルマの鎧は、単純に魔力を放出して跳んでいるわけではないので、セティの使うものとは少し原理が違う。

セティは、炎術を自分にぶつけて空を飛ぼうとしたプレイヤーを見て、イメージを思いついたという。しかし制御が難しく、空を飛ぶまではいかないようだ。

運次第で、多少は飛行に近いことができるらしいが、いつ地面に叩きつけられるかわからない。

「制御できれば空が飛べるかもしれないのか。あとで詳しく教えてくれ」

詳細を聞いたシンは、目を輝かせながら言う。

空中を飛び跳ねることができるスキル【飛影】の回数制限がなくなって、似たようなことができるようになったシン。

しかし、あれはあくまでジャンプ。空中にある足場を蹴って跳んでいるに過ぎない。

ファンタジーの魔法では自由自在に空を飛べるのも珍しくなかったので、少し憧れていたのだ。

「私が苦戦するくらいだから、シンにできるかしら？」

「ロマンのためなら、人は限界を超えられる」

シンはそれっぽいことを言って格好を付けてみる。やる気が出ているのは事実だ。

問題があるとすれば、セティの説明はとてもわかりにくいこと。またシュニーに解説してもらう必要があるかもなと思うシンだった。

「2人とも、そろそろ着くのでおしゃべりはそのくらいで」

速度が馬の数倍は出ているので、パッツナーに戻るのもそう時間はかからなかった。

門の外で待っていたユズハと合流し、シンたちはパッツナーの門をくぐる。

ユズハに心話で情報を伝えて、それをさらにガロン経由で上層部に伝えてもらってあるので、すでにパッツナーに向かっていたモンスターが撃退されたことも知られている。

厳重に閉じられていた門も開放されていた。

「本当にどうにかしちまうとはなぁ」

「ここからも魔術の光が見えたよ。あれじゃあ、モンスターのほうが災難だろうね」

呆《あき》れたように言うガロン。リーシャもやれやれといった風に話す。

城壁の上に詰めていた兵士たちも、シンたちがガルマージとキキューズを倒す際に使った魔術の光を見たらしい。

魔導士の中には、衝撃とともに伝わってくる魔力の強さに震えていた者もいたようだ。

「上層部の人に話しておかなければならないことがあります。今から大丈夫ですか？」

「ライザー殿の言うことなら、聞かんわけにはいかんだろうて。もともと戻ってきたら詳しい話を聞けんか尋ねてくれと言われとるしの」

「それは助かります」

シンたちはシュニーを先頭に王城へと向かった。ガロンとリーシャ以外のメンバーはすでに王城にいるようだ。

王たちが待っているという部屋に着くと、すでに重役と思《おぼ》しきメンバーとともに、グラフィオルが待機していた。

「お待たせしたようですね」

「いえ、恩を受けているのはこちらのほうです。むしろ、ここまでご足労いただいて申し訳ない」

そう言って頭を下げるグラフィオル。他のメンバーも、シュニーたちが何をしたのか理解しているようで、そろって頭を下げている。

「すでにドゥーギン撃退の報は伝わっていると思います。皆さんが気になっていることだろうと先にお伝えしましたが、他にも情報があります」

「他にも、というと？」

「今回のできごとですが、人為的なものである可能性があります」

「っ!?　……詳しい話を伺《うかが》っても？」

うなずきを返し、シュニーは話し出す。実際に目にしたのはシンとフィルマだが、詳しいことはすでに伝えてある。

ドゥーギンを操っていたアイテム、モンスターに変化した元プレイヤーについて、シュニーの話を聞いたグラフィオルたちの表情は一様に険《けわ》しい。

強大なモンスターを従えるアイテムの存在もそうだが、人がモンスターへと変わることのほうが重く受け止められているようだった。

「これは、軽々しく話せる情報ではありませんな。変貌したモンスターの強さも尋常ではない様子。下手に公《おおやけ》にすれば、国民に無用な混乱を招くだけでありましょう」

「同意見です。こちらとしても、まずは国の上層部の方だけで共有したほうがいいと考えています」

この世界では、元の世界のように、簡単に情報が手に入らないし、伝わりにくい。

国が大々的に告知すればある程度は伝わるが、それでも人づてに伝わっていくうちに内容が歪《ゆが》んでいく。首都を離れれば情報が正反対に伝わっていることすらあった。

「対策は……難しいですな」

「そうですね。こちらとしても、有効な手段は今のところ見当がつきません」

【分析《アナライズ》】があれば、憑依《ひょうい》状態であることはわかる。しかしスキルを使用できる者が少ない現状では、見つけるのは難しい。

シンたちとしても、そんなわかりやすいところにはいないだろうと思っている。

人の状態ではモンスターと認識されないならば、モンスター除《よ》けの結界でも防ぐことができないはずだ。

「ふむ、我が国と協力関係にある国の王に伝えてもかまいませんか？　対応ができるかどうかはわかりませぬが、それでも知っていたかどうかで何か変わるやもしれませぬ」

「はい。こちらも信頼できる者には伝えるつもりですので」

実力と信頼。そういったものを併せ持つ者たちとは情報を共有する。

それはシンたちの共通意見だった。

具体的には、ファルニッド獣連合のウォルフガング、ベイルリヒトのヴィルヘルム、元プレイヤー、『六天《ろくてん》』メンバーのサポートキャラクターたちも入っている。

「対策か」

グラフィオルたちとの会談を終え、あてがわれた部屋で、シンたちは今回のことについて話し合っていた。シュニーがグラフィオルに言った通り、現状では打つ手がない。

「結界に出入りするときに、状態異常を解除する機能を付与したらどうにかできないか？　いや、でも相応の材料を使ってないと付与に耐えられないしな」

ゲーム時代なら、街に近づいただけでも瞬時に見つけられて、討伐なり解除なりされている案件だ。現状では、全ての場所を守りきることなどできない。

「我々だけで対処することは不可能でしょう。戦力を分散させても守れる場所は限られていますし、守りきれるとも限りません」

「やっぱり、そうだよなぁ……」

そもそも、相手の規模も戦力も不明だ。憑依されたプレイヤーへの対策をしたところで、高レベルモンスターを大量に引き連れて攻撃されれば意味はない。

今の世界は高レベルのプレイヤーや選定者を大量にそろえることは不可能。もしモンスターの大部隊が現れれば、大国ですら滅ぶだろう。

「本格的にモンスターが何かしようとしてるってことかしら」

「あのアイテムも、モンスターが作ったってこと？　確かに、モンスターの中には人かそれ以上に頭のいいのもいるけど」

セティとフィルマが思案顔で意見を出す。

「瘴魔《デーモン》や悪魔の暗躍を疑ってしまいますね」

「ぱっと思いつくのは、やっぱりそれだよな。あとは、あれだ。『頂《いただき》の派閥』」

かつて聖女を生贄《いけにえ》にしようとしていた教会の司教も、『頂の派閥』の構成員だった。

計画の裏では瘴魔《デーモン》が暗躍していたが、そうでなくてもあまりほめられた活動はしていない、とシンたちは聞いている。

「そういえば、プレイヤーではないとはいえ、人がモンスターに変わったときにも『頂の派閥』が関わっていましたね。瘴魔《デーモン》も関わっていたので断定はできませんが、モンスターだけが敵というわけではないということでしょうか」

「それだよな。自分の意思で協力してるってやつが一番厄介《やっかい》だ」

シュニーの推測にシンは苦々しい表情で相槌を打つ。

スキルやアイテムで操られているわけでも、人質をとられて協力させられているわけでもない。

自分から破滅に突き進む人間が何より厄介なのだ。

周りに迷惑しかかけないあたり、一層性質《たち》が悪い。

「この後はどうするの？」

「まずはシュバイドたちと合流しよう。念のため、バルたんの様子も見ておきたい。結局あの宝玉は使わなかったからな」

ユズハの問いにシンは考えていたことを話す。

ドゥーギンとの戦いで必要になるのかと予想していたバオムルタンの宝玉だが、とくに使うような場面はなかった。

ドゥーギンを操っていたアイテムは宝玉なしで外せたので、あれは何に使えばいいのかと、シンは首をひねるばかりなのだ。

「あの綺麗《きれい》な石は、そのうち使うと思う」

「使い道がわかるのか？」

むむ、と眉根を寄せていたところにそんなことを言われて、シンはすぐにユズハに問い返した。

「そんな気がする！」

「具体的に何かわかるわけじゃないのか」

「……くぅ、ごめんなさい」

「あ！　いやすまん、悪かった！　ユズハを責める気はないんだ。ただ、もらったのがいかにもなタイミングで、これからの戦いで必要になるんだろうって身構えてたからつい、な？」

しゅんと耳を伏せてしまったユズハに、シンは慌てて謝った。子狐モードだったので、機嫌を取る意味もこめて優しく撫でる。

少しして、心地よさそうにしだしたのを見て、ほっと息を吐く。

「……私も撫でていい？」

「……くぅ」

シンが撫でていたのを見て、セティが近づいてきた。

ユズハは数秒セティを見つめ、ＯＫとでも言うように一声鳴いて、シンの膝の上に頭を戻す。

「おおお、ふわふわさらさら。いつまでも撫でてられそう」

「丁寧《ていねい》に手入れしてるからな」

ブラッシングは主にシンの仕事だ。グルーミング用の最高級ブラシ、『グルーマイスター』によって、ユズハの毛並みは近頃ますます艶《つや》を増している。

「話が逸《そ》れてるわよ。シュバイドたちのところに行くにしても、すぐってわけじゃないんでしょ？」

「ああ。モンスターは撃退したけど、まだ何かあるかもしれないからな。仕掛けとかがないか念のため調査させてもらおうと思ってる。場所が場所だから、難しいかもしれないけど」

王城ともなれば、秘密の抜け道や隠し部屋の一つや二つあるだろう。シンが本気で調査すればそういったものも発見できる。

できるが、持ち主であるグラフィオルたちからすれば見つけてほしくはないだろう。秘密通路や隠し部屋は知られていないことに意味があるのだから。

「王や騎士たちでは手に余りますから、今回は大丈夫でしょう」

「ま、訳のわからないものが仕掛けられてるかもしれないとなればな」

調べた後で改装するのだろうか。さすがにそのままにはしないだろうと思うシンである。

「じゃあ、さっそく行くか。一瞬で、とはいかない作業になるからな」

シュニーが言った通り、シンからの提案にグラフィオルたちは二つ返事でうなずいた。

数名難しい顔をしていたが、反対はしていない。

城の内部を外部の者に調べられることより、仕掛けが残っている可能性を排除するほうを優先したのだろう。

「なんだ？　これ」

緊急時に使うのだろう、城の外にある森の中へと繋がる隠し通路の中に、対象を麻痺《まひ》させて動けなくする装置が仕掛けられていた。

シンが気になったのは、仕掛けが発動すると噴出する麻痺ガスが入っているタンクがほぼ空《から》だったことだ。これでは、人を麻痺させるほどの効果はない。

「他には仕掛けはないようです」

「……あいつなりの抵抗だったのかもな」

モンスターとなる前に、自分のことを殺してくれと言った男。仕掛けをしたのはあの男なのではないかとシンは思った。

その後はとくに目立つものもなく、調査は2日で終了した。

王城を去る際に、城内の隠し通路などについてはくれぐれも内密にしてほしいと言われたのは仕方のないことだろう。

†

「飛ばしていくぞ」

馬車を出して門を出たシンたちは、少し進んで門から姿が見えなくなったのを確認すると、スキルで姿を消した。馬車で爆走するよりも、自分たちで走ったほうが速い。

ユズハは長時間シンたちと同じ速度で走るのはまだつらいようなので、シンの肩につかまっている。振り落とされそうなものだがそこは神獣、大丈夫らしい。

「くぅ！　浮いてる！」

セティがスケートでもするように地面を移動するのを見たユズハが、興奮しながら尻尾《しっぽ》を振った。

ガルマージたちを駆除したときに、ユズハには念のためパッツナーに残ってもらっていたのでセティの移動を見るの初めてなのだ。

モンスターの中には浮いているものや飛んでいるものも珍しくない。なのでそう驚くことでもないように思えたが、ユズハにとってはそうでもないらしい。

「ふっふっふ、あとで教えてあげてもいいわよ！」

ユズハの素直な反応に、セティはドヤ顔である。

最終的には空が飛べるようになるかもしれないと聞いたユズハは、やる気満々だ。背中で尻尾がばっさばっさと振られているのが、シンにはよくわかった。

はたしてセティの独特のセンスによる説明をユズハが理解できるのだろうか。そんなことを考えるシンである。

「お、見えてきたな」

馬車とは比べ物にならない速度で移動した甲斐があって、その日のうちにローメヌンに戻ることができた。

「ん？　バルたん以外のモンスター反応？」

ローメヌンに隣接する毒エリアの端に、出発するときにはなかった複数の反応を見つけた。

マップ上の反応がある方向へ視線を向け、シンは【千里眼】のスキルを発動させる。

そこにいたのは5匹のガルマージだった。シンたちの攻撃から逃げ延びた個体がここまで辿《たど》り着いたのだろう。

シンたちは2日半ほどパッツナーにいたので、ガルマージのスピードならばその間に到着していてもおかしくはない。

「倒しておくか？」

「ここはある意味で汚染エリアのようなものですから、ガルマージにとっては棲息域とも言えます。それに、ここには放置して被害を受けるものはいませんからね」

毒エリアの存在によって、周囲に集落はなく動物も寄り付かない。ここにとどまるのならば、無理に狩る必要もなかった。

ガルマージたちからすれば、やっとのことで辿り着いた安住の地のようなもの。餌《えさ》となる死骸《しがい》があるのかはわからないが、身を寄せ合うガルマージたちを見て、ついでに倒すという気になれないシンだった。

すでに痩《や》せ細っているので、他の場所に移動するだけの余裕はないだろうというのもある。

「ハイドロたちに話をしてみるのはどうかしら？　データ集めになるって言って飼っちゃいそうだけど」

「そうだな。そうしてみるか」

ここを離れ、人のいるほうへ向かうなら倒す。

そう決めたシンは、ローメヌンへと足を動かした。さほど時間もかからず、シンたちはドゥーギンの沈む湖へ到着する。

湖の畔《ほとり》ではいつもの位置にバオムルタンが座り、その隣にティエラとシュバイドがいた。オキシジェンたちは何かサンプル採取をしているようだ。

「おかえりなさい」

「おう」

シンたちに気づいて迎えてくれたティエラに返事をしながら、シュバイドにも手で挨拶をする。

バオムルタンも、おかえりとでも言うように小さく鳴いた。

ローメヌンでは、とくにこれといった変化はなかったようだ。

解放されたドゥーギンは、移動する際にローメヌンの上を通ったという。

バオムルタンはドゥーギンを見上げ、ドゥーギンもまたバオムルタンを見下ろしながら飛び去っていったらしい。

「これでよかったか？」

なんとなくシンが聞くと、バオムルタンは大きく一声鳴いて、顔の先端をシンにこすりつけた。

そんな仕草《しぐさ》を見ると、さっきの一鳴きが肯定の意味に思えてくる。おそらくそれで合っているはずだ。

「ところでハイドロとオキシジェンに少し話があるんだ。あ、バルたんにも聞いてもらったほうがいいか」

ここに居つくなら、バオムルタンの縄張りの中に棲《す》むということになる。

バオムルタンのほうは温厚なので、ガルマージたちが攻撃的な行動をしないかぎり、自分から狩りに行くことはないだろう。

シンはそう思ったが、知らないで遭遇してトラブルになっては困る。

ガルマージたちのことをハイドロたちに話すとほうほう、ふむふむと興味深そうにうなずいていた。

理解しているのか2人の真似なのか、バオムルタンも首を縦に振っている。

「すぐに捕獲しにいきましょう。ドゥーギンの発生させたエリアに湧いた個体なんてずいぶんと珍しい。せめて一匹確保したいです」

「同感だ。研究のし甲斐がある」

ふっふっふと含み笑いが聞こえてきそうな笑みを浮かべて、２人は準備に取り掛かった。

ネットや疑似餌などの捕獲用アイテムをアイテムボックスに放り込み、さらに調教師《テイマー》のジョブと能力を一時的に得ることができる装備を身につける。

これは、調教師《テイマー》ではないプレイヤーがペットとしてモンスターを捕まえたいときに使う装備だ。時間をかければ、プレイヤーなら調教師《テイマー》のジョブを得ることは難しくない。ただ、他に時間を使いたいというプレイヤーは多かった。

一部調教師《テイマー》のスキルも解禁されるので、調教師《テイマー》のジョブの体験版のような用途としても使用される。

「さて、行こうか！」

ハイドロの声に急《せ》かされて、シンはガルマージたちのいる場所へ一行を案内する。オキシジェンとハイドロの感知能力では、ガルマージたちのいる場所は範囲外なのだ。

マップ上の反応を確認するととくに動いていないようだったので、手間もなく到着した。

シンたちが接近しているのはわかっていたようで、ガルマージたちは警戒した様子で周囲を窺《うかが》っている。

「ふむ、少し弱っているね。好都合好都合」

捕獲用ネットを構えて笑うハイドロは危ない人にしか見えなかった。オキシジェンも声に出していないだけで同じような様子である。

バオムルタンの姿を見れば能力差から見ても逃げ出しそうなものだが、そうはならなかった。尻尾を足の間に入れて震えているので襲ってくることはなさそうだ。

「これはネットを使うまでもないかな？　ほら、食事だよ」

オキシジェンがモンスターを仲間にしやすくする疑似餌を差し出す。しかし、ガルマージは震えるばかりで反応は芳しくない。

「くぅ、シンに怯えてる」

「俺？」

ユズハに指摘されて驚くシン。モンスター同士、バオムルタンに怯えているのだと思っていたのだ。

どうやらシンが他のガルマージやキキューーズを殲滅《せんめつ》する様子を見ていたらしく、ついに自分の番かと半分諦めの境地に入っているという。

「なるほどな。なぁユズハ、言葉が伝わるなら、ハイドロたちの仲間になって欲しいって伝えてくれないか？」

ガルマージはユズハと系統が近いようで、会話が可能だった。ユズハを通訳にして事情を説明すると、ガルマージたちはとくに異論なく、ハイドロたちの下につくことになった。

正規の職についているわけではないのでボーナスはほぼないが、そもそも戦いを目的にしているわけじゃないので問題ないとハイドロたちは言う。

「目的も達成したし、ローメヌンに戻るか。パッツナーで何があったかも話しておかないといけないからな」

ガルマージがここにやってきた原因でもあるので、なるべく詳しくシンは説明した。

「プレイヤーの変貌にドゥーギンすら操るアイテムか。厄介なものだね」

「一応こっちでも解析してみますね」

ハイドロとオキシジェンは、シンが取り出したドゥーギンを操っていた首輪を見て言った。

シンのほうでも簡単な解析はしている。今のところ、わかっているのは使われた素材くらいだ。製造元がわかるような手がかりはない。

「内訳はわかる範囲だとこんなところだ。見ただけでろくでもないものができるのがわかるぞ」

「ええと、メインはオリハルコンとヒヒイロカネ。まあそうでしょうね。あとは……なるほど、積極的に集めたいものじゃないですねぇ」

シンがアイテムの解析結果を伝えると、オキシジェンが顔をしかめながら言った。

シンやオキシジェンたちからすれば、特殊なアイテムに魔法金属が使われているのは珍しくない。

ただ、金属以外の素材の中に血だの心臓だのといったアイテムが必要なのが問題だ。

ゲーム時代ならドロップアイテムのひとつ程度の認識でよかったが、こっちでは血が必要なら入れ物を用意して直接採取しなければならない。

シンのようにアイテムボックスがあれば血だけカード化するということもできるが、あまりしたくはないというのがシンの本音だ。鍛冶の中には武器を鍛える際に血を使うものもあるので、まだ抵抗はないほうだが。

「施設は使いませんか?」

「パッツナーでのことはメッセージカードで連絡が取れるやつらには知らせておくつもりだけど、ウォルフガングには直接伝えておいたほうがいいと思ってな」

「ウォルフガングさん、ですか?」

首をかしげる2人に、ジラートの直系だと伝えると驚いた後に納得していた。ビーストの場合、500年となると孫やひ孫程度ではすまないくらい世代が進む。

直接会うことにこだわるのは、やはりジラートというシンにとって特別な存在の系譜だからだ。エルトニア大陸にあるビーストの国で最大規模のファルニッド獣連合の王でもあるので、直接言葉を交わしたほうがいいという思いもある。

「あのジラートがね。おまけに割と最近まで生きていた、と。それはそれで驚きだけど、満足して逝ったならいいんじゃないかな」

狼のビーストとしてはありえない時間を生きていたジラートの、長寿の秘密が気になるとでも言うかと思っていたが、ハイドロの表情からはそういった感情は読み取れない。

オキシジェンも同じだ。

「気にならないとは言いませんが、仲間を研究対象にはしたくないので」

冗談気味にシンが聞くと、そう返事が戻ってくる。まったく気にならないわけではないようだ。

だが、仲間を研究対象にしたくないと言った2人にシンはほっとした。

ヘカテーによって、マッドなサイエンティスト風に設定されていても、仲間のことは大事にしているのだ。

「では、ジラートの子孫のことは任せたよ。バルたんとあの子たちの事は任せてくれたまえ」

ハイドロがガルマージたちのほうを見て言う。もともと汚染エリアに棲息していたこともあってか、ローメヌンの毒エリアも気にすることなくくつろいでいた。

ローメヌンを後にした一行は、ファルニッドに向かう。ローメヌンからは陸路ではかなり距離があるので、転移の結晶石を使って近くまで転移した。以前ファルニッドに来たときに移動ついでに登録しておいた場所だ。

「いつのまに」

「仰々しく何かやる必要はないからな」

トイレ休憩のときにやったとは言わない。

転移先は森の中なのでそこから出て馬車を出す。ここからはカゲロウが引いていく。

改造された馬車に揺られながら、シンたちはかつて案内された門に向かった。一般の冒険者や商人の入る門とは別の、特別な許可がいる門だ。

「御者は俺とシュニーでいこう。門番の人が顔を覚えててくれれば、過剰に警戒されることもないだろうし」

メッセージは送ってあるので追い返されはしないだろうと思っているが、伝達の遅れやミスは人を介する以上、ゼロにはできない。

シュニーがいれば大抵は大丈夫だと思っているが、それでもトラブルはないほうがいいのだ。

「向こうも気づいたみたいだな」

「私たちが向かっていることも伝わっているようですね」

シンたちの使っている門は幻術によって隠蔽されている。シンには効かないので大きく手を振って存在をアピールすると、門番も手を振り返してくれた。

シンの記憶が正しければ、前回ファルニッドを発《た》つときに見送ってくれた門番の1人だ。

「ええと、獣王様から俺たちが向かっていることは伝わっていますか？」

「はい。ですが念のため、以前王がお渡しになった牙の紋を見せていただけますか」

馬車を収納して近づくと、門番の1人がそんなことを言った。シンは言われたとおり、アイテムボックスの中からウォルフガングにもらったアクセサリーを取り出す。

「確かに確認しました。皆様を歓迎いたします」

シンの手にあるアクセサリーを確認した門番がもう1人の門番にうなずきを返したあと、シンたちに向き直って敬礼した。

すでにウォルフガングにはシンたちが到着した旨を知らせる早馬が出ているらしい。

まもなく迎えが来るだろうと門番が話していると、すぐに豪華な外装の馬車がやってきた。国賓《こくひん》を迎えるために、見栄《みば》えにも気を使った品らしい。

乗り心地はそれなりで、この世界の馬車としては高性能だ。

一般的な馬車は恐ろしく揺れる。

王族や貴族の使うものも、一般に比べればましであるもののやはり揺れるので、振動が少ないというだけで金がかかっているのがわかる。さすがは国賓用といったところだ。

案内されたのは、ジラートたちと再会したときに使った部屋だった。ウォルフガングとクオーレに加えて、2人のビーストがいた。

簡単な挨拶を終えると、ウォルフガングが自己紹介するようにうながす。

「お初にお目にかかる。ウォルフガング様の副官をしているウォルク・デガロと申す」

先に口を開いたのはウォルク。獣に近いタイプのビーストで民族衣装のようなゆったりとした服を着ている。

羽は白く、嘴《くちばし》と瞳は黒。体格的にはウォルフガングよりも大柄だ。立ち上がれば2メル以上あるだろう。系統としては鷲型《タイプ・イーグル》になるらしい。

獣に近いタイプは性別がわかりにくいが、声の低さや体格から男性だろうとシンは推測した。

レベルは244。体格からは想像しづらいが、ジョブは魔導士だ。

シンやシュニーの魔力を感知できるのか、緊張している様子が見られる。

「同じく、副官のシル・ティオと申します」

こちらは人の外見に、獣耳と尻尾があるタイプのようだ。

ショートカットにした髪は全体的に黄色だが、ところどころ黒が混じっている。黒い瞳を細かく動かし、シンたちを観察していた。

全体的にすらりとした体格で、女性としては長身の部類だろう。クオーレのような動きやすい服装をしている。こちらはウォルクほど緊張はしていないように見える。

レベルは239。ジョブは獣戦士。

「俺たちのことは？」

「話してあります。ジラート様でいうところの、ラジムやヴァンのような立場であると考えていただければ」

側近であり、信頼できる相手のようだ。

話はしてあるということだったが、あらためてシンたちも自己紹介をする。メンバーの素性が知れるに連れて、2人の表情がこわばっていくのは見なかったことにした。

「何と言いましょうか。以前よりもメンバーがすごいことになっていますね」

シンたちのことを知っているはずのウォルフガングも少しぎこちない。

元竜王のシュバイドの加入もそうだが、ジラートと同格のフィルマやセティの存在も驚かせる要因だった。ジラートから話だけは聞いていたようなので、シンたちの戦力がどれほどのものか理解できてしまうのだ。

「あー……俺が言うのものなんだけど、あまりかたくならないで聞いてくれ」

自己紹介だけで妙な緊張感が出てしまった。

クオーレだけは、緊張どころか目を輝かせているのが救いだろうか。

シンがパッツナーで起こったことを話し始めると、ウォルフガングの雰囲気が変わる。緊張感はあるが、それは今までとは違う種類のものだ。

国を治める者として、真剣にシンの話に耳を傾けている。ウォルクとシルも同じだ。

「メッセージを読んで理解していたつもりですが、やはり驚かざるを得ませんね」

ウォルフガングたちはシンの話を深刻に受け止めていた。

ジラートの存在もあり、一般人と比べてプレイヤーというものがどういう存在か、ウォルフガングはより深く理解している。

その知識や技術の高さもそうだが、やはりどこか特別な存在なのだ。

有名な者も多く、シンが聞いてもわからないが、この世界の住民ならあの人かと納得する人物もいるという。

「プレイヤーという存在を知っている者ほど、衝撃は大きいと思います。もちろん彼ら、彼女らとて私たちと同じように生きていますし、死にもします。それでも、何かが違うのです」

そう口にするウォルフガングに、ウォルクとシルもうなずく。

選定者も一般人とは違うが、こちらはこの世界で生まれ育つたためかプレイヤーのような『何かが違う』という雰囲気はないらしい。

「そういうもんか。まあ、今はそれはいいか。とにかく、そういうやつがいるってことは知っておいて欲しい。有効な対策まで考え付かないのが悔しいけどな」

「いえ、知っているかいないか、この差は大きいです。情報提供感謝いたします」

ウォルフガングが頭を下げると、残りの3人もそれに倣った。ジラートの主《あるじ》だから、というのもあるのだろうが、ちょっと頭を下げすぎではなかろうかと思ってしまうシンである。

「俺たちの用事はこれだけだ。時間をとってもらってありがとうな」

王やその側近ともなれば、ちょっと話がある程度で、気軽に会えるような存在ではない。

話を持ってきた人物と内容を考えれば時間をとらざるを得ないだろうが、あまり長居をしても悪い。シンは伝えるべきことを伝えると、退出しようとする。

「皆様は、これからどうなさるのですか?」

「いくつか国をまたいで、何人かに情報を伝えるつもりだ。メッセージカードを知らないやつもいるからな」

メッセージカードを知っているのは、プレイヤーかサポートキャラクター。あとはそういった希少アイテムを入手できる立場にある者のみ。選定者でも知らない者は珍しくない。

ぱっと思いつくのは、ヒノモトの藤堂貫九郎《とうどうかんくろう》や天下五剣《てんかごけん》、バルメルのヒビネコ、シャドウ、ホーリーなどだ。天下五剣はゲームキャラとしての知識があるのでプレイヤーと同じようなもの、とシンは考えている。

「それでしたら、皇国の竜王にもお伝えいただきたい。大陸において大切な役目を持つ国ですので、今回のような情報は共有しておきたいのです。ファルニッドからも公式文書として今回得られた情報を伝えるつもりですが、シュバイド殿が直接話せばより重要な案件として扱ってもらえるはずです。もし向かう先が定まっていないならば、ご一考いただきたい」

情報源がシンやシュニーでなければ、すぐには信じられなかっただろうからと、ウォルフガングは言う。同盟国からの情報となれば重要な案件として扱われるだろうが、より優先度を上げるためには直接向かったほうがいいとのことだった。

「そうだな。俺も多少は皇国のことを知ってる。シュバイドのいた国でもあるし、信頼できるだろう。考えておくよ」

実際はすぐに向かうつもりだ。同盟国ということで心話を使った連絡手段はあるらしいので、情報自体は先に送られる。

ただ、ウォルフガングも言ったとおり、どこまで重要視されるかは未知数。国が大きくなれば扱う情報も多岐にわたる。場合によっては王の耳に入らないなんてこともありえるのだ。

シンもできるだけ重要案件として扱って欲しかったので、シュバイドなりシュニーなりを通して情報提供をすることに異論はなかった。

「シュバイド。竜王に伝えるのは任せていいか？」

ファルニッドを出たシンたちは、竜皇国キルモントを目指して街道を進んでいた。

カゲロウが引いているのでいつもの爆走モードだ。一応、すれ違う商人がいないときにだけ加速している。

「我が出るのが一番話が早いだろう。袂《たもと》を分かったとはいえ、危険があるならばそれを知らせることに異論はない」

場合によっては敵対する覚悟すらしてシュバイドは皇国を出たと、シンはシュニーから聞いている。そんなシュバイドを使者にするのはどうかとも思ったが、本当に敵対しているわけではないのでそのくらいは問題ないと、シュニーも、そしてシュバイド本人も言った。

「ふむ、そういえば、シンはキルモントのことについてどれほど知っているのだ？」

誰が行くかを決めた後、キルモントへと向かう道すがらシンとシュバイドの間でそんな話題が出た。

「ファルニッドで読んだ資料とか、旅先で聞いた話の受け売りになるけど、聖地から出てくるモンスターの防波堤としての役割を果たしているってのは聞いてるよ。さっきも言った通り、実際に行ったことはないけどな」

「その認識で間違いはない。やり方としては、王都と聖地の間に一定間隔で砦を設け、連絡を取り合いながらモンスターを間引いていく。モンスターは砦にはあまり攻撃せず内陸に向かおうとする傾向があるゆえ、残ったモンスターを機動力のある部隊で殲滅していくことになる。ただ、バルメルのように完全に押しとどめることはできぬ」

キルモントから聖地に向かうにつれて、大地が細くなっていく。これは地殻変動のときにそうなったようだ。

逆に聖地からはモンスターが放射状に広がるため、すべての個体を倒しきることは難しいという。数が少ないときは殲滅を目指すが、多い場合はレベルの高い個体や機動力のある個体を優先して倒すようにしているようだ。

「それともうひとつ。同盟国や教会から援軍が送られている。規模が違うゆえ、シンが参戦したというバルメルよりも人数は多いな」

バルメルと同じく、キルモントが落ちると氾濫《はんらん》によって発生した大量のモンスターが、大陸中に放たれ続けることになる。

大陸全土の広さから考えれば、解き放たれるモンスターの数はたいしたことがないかもしれないが、その地に住んでいる者にとっては大問題だ。

人以外の動植物にも被害がでるのは確実で、ほうっておけばいずれ大陸中に理性なきモンスターが跋扈《ばっこ》するようになってしまいかねない。

そんな理由もあり、よほどのことがないかぎり、キルモントへの兵力派遣が中止されることはないようだ。

「選定者も結構いそうだな。いや、むしろいないときついか」

レベル200台ならまだ何とかなるだろうが、300を超えるといくら鍛えても一般兵には荷が重い。

バルメルもそうだったが、キルモントに常駐する選定者はもっと多いのだろうとシンは思った。もしかするとまた知り合いに会うかもなとも思う。

「シンの知り合いかはわからぬが、元プレイヤーも何人かいたはずだ。会いに行くか？」

「機会があればな。プレイヤー全体から見れば、知らないやつのほうが圧倒的に多いんだし」

バルメルでヒビネコやホーリー、シャドゥと再会できたことのほうが珍しいのだ。

「……いや、そうでもないのか？」

こちらに来ているプレイヤーは自分と関わったことのある者たちなのでは？

かつて考えたことが、ふとシンの頭をよぎる。

バルメルの3人だけではない。今のところ、出会った元プレイヤーは大抵が知り合いだ。

聖女誘拐《ゆうかい》事件で再会したミルト、シュニーに邪符を使ったハーメルン、エルクントのヒラミーにマサカド。

そういった面々を考えると、シンの思いつきもあながち的外れではないように思える。いくらなんでも、知り合いに会いすぎである。

ただ、先の事件でモンスターへと変わってしまったプレイヤーのように面識のない者もいた。他にも何か、条件のようなものがあるのだろうかと思うシンである。

「何か気になることでもあるのか？」

「ちょっとな」

プレイヤーのことについて、シンは考えていたことをシュバイドに話す。

「ふむ、シュニーが調べていたプレイヤーキラーだったか。それもシンと関わりのある者が多かったのではなかったか？」

「どうでしょうか。確かに関わっていたともいえますが、あのときのシンは、目に付いたＰＫはすべて斬るような状態でしたし。あらためて考えてみると、ホーリーさんやシャドゥさんのような密接な関わりではなく、たまたま道ですれ違った程度の些細《ささい》な関係なのではないでしょうか」

シュバイドから話を振られたシュニーは、少し間を空けて言った。

シンは以前、シュニーが調べたというＰＫのリストを見せてもらったことがある。

なんとなく覚えている相手もいれば、こんなやついたかという相手もいた。ＰＫはモンスターと同じ扱いで切り捨てていたので、名前など頓着していなかったのだ。

これは、元の世界の倫理観に照らし合わせれば、危険極まりない考え方だ。

しかし、警察のような治安維持組織のないゲーム内では、それ以外にやりようはなかった。

シンは今もそう思っている。ゲーム時の【THE NEW GATE】では、現実の法律に何の意味もなかった。

「そんなに気になるの？」

話を聞いていたティエラが、会話の切れ目にするりと入ってくる。

「絶対に突き止めたいってほどじゃないけど、気にならないといえば嘘になるって感じだな」

「でも、そのぷれいやぁ？　っていうのは、シンが選んでいるわけじゃないんでしょ？　それなら、シンが悩む必要はないんじゃないかしら」

シンがしたことは、良い悪いは別にして、あくまでゲーム内のルールにのっとっての行為。できることと、していいことは別物だが、ゲーム内ではPKを倒したところで何のペナルティもない。無論、相手をゲームそっくりの世界に飛ばすなんてこともできない。

そういう意味では、ティエラの言うことは正しかった。シンが彼ら、彼女らをこの世界に送り込んだわけではないし、そもそもそんなこと想定もしていない。

「それは、そうなんだけどな」

「話を聞いただけだと、どっちかといえばシンが巻き込まれたって感じじゃない？」

「巻き込まれた？」

少し離れて静観していたフィルマの発言に、シンは視線を向けた。

「だって本当なら、シンはこっちに来ることはなかったんでしょ？」

「それは」

フィルマやセティといった、比較的後になって合流したメンバーにはシンがこの世界にきたときのことはまだ話していない。情報源はシュニーだろう。

実際、こちらに来ているのはわかっているかぎり、デスゲーム時に死亡したプレイヤーのみ。シンだけが例外だ。

フィルマの言うことも、あながち間違いではないのかもしれないといえた。

「どっちにしろ現状が変わるわけじゃないんだから、うだうだ考えても無駄無駄。それより、もっと建設的な話をしましょうよ」

フィルマの言うことももっとだと、シンはわからないことに頭を使うのをやめた。

巻き込んだにしろ巻き込まれたにしろ、現状を変えることはできないのだ。

「で、建設的な話っていうのは？」

せっかくなので、話を切り出したフィルマに振る。

「シンが製作中の指輪のデザインについて」

「ちょっとまて。シュニー以外、誰にも言っていないはずのそれをなぜ——」

知っていると言いかけて、シュニーに視線を向ける。シュニーは馬車の外を見ていた。耳が赤いのを見れば何があったのかは大体察せられる。

「のろけを聞いているときに、ぽろっとねー」

「うまく誘導したんじゃないのかぁ？」

「いやあ、そんなことないわよぅ」

ジト目で言うシンに、視線を逸らしながらフィルマが返す。

テヘペロ状態のフィルマを見て、それが本当のことだと思う者はいないだろう。

視線をフィルマから隣にずらすと、セティも同じ表情をしていた。どうやらタッグを組んで情報を吐かせたようだ。

「はあ、そりゃ絶対に秘密ってわけじゃないけどさ」

「シンとの生活を幸せそうに話すもんだから、ついねー」

「シュー姉、途端に饒舌《じょうぜつ》になるもんねー」

まるで姉妹のようにフィルマとセティがシュニーに視線を送る。

普段は物静かなシュニーだが、無口というわけではない。気を許した相手だと意外とよく話すのはシンも知っている。相手がフィルマやセティならなおさらだろう。

「その話、詳しく聞かせてもらおうか」

「シュバイド、お前もか……」

初耳だとシュバイドが会話に混ざる。顔が人とは違うのでわかりにくいが、口角の上がり具合から笑っているのは間違いない。

「もちろん、細部まで詳細に語ってあげるわ」

「助かる。女同士の話には混ざれんからな」

フィルマの返答にシュバイドは満足げにうなずく。

景色を見るシュニーのほうがプルプルと震えているのは馬車の振動のせいではない。さっきよりも耳が赤くなっているのも見間違いではない。

「シュバイドは俺でもいいんだぞ？」

「シュニーから聞くのがよいのだ」

待ち焦がれた相手との2人きりの生活。同じサポートキャラクターとして、シュニーを知る者として、本人の視点から語られるのを聞きたいという。

「おまえらなぁ」

シュニーにとってはこの会話も羞恥プレイのようなものだろう。馬車の中では逃げ場もない。いじられる本人はたまったものではないだろうが、内容的には平和なものだ。

ちなみに会話に加わっていないティエラは話を聞きたいような聞きたくないような、なんとも微妙な表情でフィルマたちを見ている。

ユズハのほうはシュニーの膝の上でなにやら上を向いていた。方向から見てシュニーの顔を覗き込んでいるようだ。何がしたいのかはシンにはわからなかった。

そんな穏やかな時間をすごしながらシンたちは順調に移動し、数日でキルモントの領内へと進んだ。

モンスターの存在もあって、国境が曖昧《あいまい》なことは珍しくない。ファルニッドとキルモントの場合、両国の中間地点から一定範囲を共同管理地帯としている。

実際は、氾濫によって発生したモンスターが流入しやすいため、大きな町や村を作れなかったのでそうなっているだけだとシュバイドがシンに教えてくれた。

モンスターが流入するのが原因なのか、モンスターの数も多いらしい。

防衛上、キルモント側に向かってくるモンスターを優先的に排除するので、ファルニッド側に流れやすいようだ。

ファルニッド側もそれは承知していて、共同管理の名目で派遣した部隊がキルモントの部隊と協力して撃退または殲滅している。

「モンスターが来なければ、本当に町くらいはできていたかもしれん。肥沃《ひよく》とまではいかんが、土地は肥えているのだ」

地質調査もしているらしい。防衛部隊が使う砦の近くには小さな集落もあるようだ。

国からすればそんなところに許可もなく集落を作るのはいろいろと問題があるのだが、場所が場所だけに、そして規模が小さいために目こぼししているらしい。

勝手にやっているため、もしモンスターの被害が出てもなんの補償もない。

「氾濫がなければ、二国間の中継地点として発展しそうなものなのだが」

ファルニッドとキルモントの間には一直線で向かっても馬車で1月以上かかるだけの距離がある。

2国間を移動する場合、点在する集落で補給をしていくので実際にかかる時間はそれ以上だ。この場合の集落は国の認可を得ている。

「ん？　あれはなんだ？」

雑談に興じながらキルモントを目指していたシンたちの視線の先に、鎧を着込んだ騎馬の集団が現れる。

総数24。そのうち1騎が掲げているのは、シンの記憶違いでなければキルモントの国旗だ。

馬車の停止を求められたのでシンたちが応じると、騎兵の中から2騎が近づいてきた。

「我らはキルモント所属の第十二騎兵隊。私は隊長のレッケルだ。貴殿らはキルモントへ向かうところか？」

「ええ、そうです。我々に何か御用ですか？」

話しかけてきたのは鈍く輝く鎧を着た赤毛の騎士だった。後ろには同じ鎧とヘルムをかぶった騎士がいる。

今のところ敵意や悪意は感じなかったので、シンたちは冒険者として対応することにした。

「ファルニッドから来たのか。ならば、また氾濫があったことは知らんだろう。大部分はすでに討ち取られたようだが、いくらか撃ちもらしがこちらに流れていると報告を受けている。我らも総力を挙げて討伐を行っているが、まだ安全だとは言い切れん。進む際には十分に注意して欲しい。話は以上だ。時間をとらせてすまなかったな」

「いえ、ご忠告感謝します」

話を終えると、騎兵たちはすぐに移動を始め、あっという間に土煙しか見えなくなった。

いざというときは全力で逃げる、近くに騎士がいれば助けを求めるなど、危機が迫ったときの対応を見かけた旅人や商人に伝えているらしい。

態度も高圧的なところはなく、とても丁寧だった。

国境の砦に常駐している部隊のひとつだろうとシュバイドが言う。

「見えてきたな」

騎士たちと別れてさらに進むと、キルモントの城壁が見てくる。城壁の周りは見晴らしの良い平原で、周囲の様子も良く見えた。

大きく開け放たれた門から、軍隊と思しき兵たちが出て行くところもだ。

「氾濫に対応するための援軍か？　まだ戦いは終わってないのかね」

「騎士の方たちの話では、すでに掃討戦に入っているということでしたが……もしかすると、被害が大きかったのかもしれませんね」

シンの疑問に、シュニーは心配そうな顔で言った。

西へと向かう兵たちの中には補給部隊も見える。兵士の数も多く、シュニーの予想に説得力を持たせるには十分だ。

「あれの旗の紋章は近衛第3師団。レベル500以上の大型モンスターが出た際に出撃する精鋭部隊だ。騎士の言っていた討ちもらしは、それかもしれん」

選定者と高レベルの騎士で構成された特別な部隊だとシュバイドは言う。これまでも出撃することはあったらしい。

「緊急事態とは限らないか？」

「そうだな。我がいたときも、出撃したことは何度もある。危険であることには変わりないが、必ずしもそうというわけではないな」

そうでなければ、とうに国としての体裁を保てなくなっているとシュバイドは続けた。

「しかし、油断ならん事態でもある。王と謁見するのは時間を置かねば難しいかも知れぬな」

シュバイドのつぶやきに、シンも兵士の進むほうを見ながらそうだなと応えた。

†

門から出立する軍を見送ったシンたちは、旅人や冒険者の集団に混じってキルモントに入国した。

入国審査の際に可能ならモンスターの迎撃に参加してほしいと言われたのは、シンやシュバイドがAランク冒険者であり、巨大化したカゲロウが馬車を引いていたからだろう。

ギルドのほうで緊急依頼として張り出されているようで、シンたちのように後から入国した冒険者にも伝えるよう言われているらしい。

「入国は思ったよりスムーズだったな。住民も慌ててる様子はないし」

「氾濫の起こる頻度は、おそらく大陸一だからな。住民も慣れているのだ。戦士たちの防衛が失敗したことがないのもその一因だろう」

シンがバルメルの氾濫で活躍したことを知っているシュバイドが、それを例に出して言う。

聖地からあふれた魔力がモンスターとなって起こる『氾濫』だが、その頻度や規模は場所によって様々だ。

周囲を断崖や海に囲まれているせいで被害を出すことのない氾濫もあれば、キルモントのように頻繁に迎撃をしなければならない場所もある。

「聖地の調査はどうなってるんだ？」

「そちらはもっとも進んでいないもののひとつだろう。間に海を挟んでいることもあって、そこに行くだけでも一苦労なのだ。そのうえ、海にはあれがいる」

「あれ？」

シュバイドが額《ひたい》に皺《しわ》を寄せるのを見て、何か厄介なものが「いる」、もしくは「ある」のだろうとシンは推測した。話の流れから、海に関係するもので間違いない。

「戦ったわけではないが、ラ・ムォーンがいることが確認されている」

「なるほど、あれか」

名前を聞いて、シンは納得する。

ラ・ムォーンとは、巨大な魚人のようなモンスターのことだ。魚を人型にしたタイプとほぼ同じ姿をしている。違うのは、そのサイズ。

ラ・ムォーンの全長、人で言うところの身長はシンの知るもので40メルほど。腕だけでも20メル以上ある。かつて戦ったリフォルジーラが可愛く見えるレベルの大きさだ。

まとめサイトでは、50メルを超えるものもいたと言われている。大きさだけで言えば、規格外のモンスターを除くと【THE NEW GATE】でもトップクラス。

顔だけでも、小船くらいならひと呑《の》みにできる大きさで、それが光の届かない深海から現れたときなどちょっとしたトラウマになるほど恐ろしい。まさに怪物である。

「人が襲われたという記録はないが、聖地のある島に近づくものには容赦なく攻撃をしてくるのは間違いない。我もサーペントが小魚のように握られ、そのまま引き千切られるのを見たことがある。記録がないからと言っても、人なら大丈夫とは思えんな」

海に引きずりこまれてしまえば、見つかることもない。

人にとっては巨大なモンスターも、ラ・ムォーンからすれば片手でつかめる小動物。人など鼠より小さい。つぶすのは簡単だろう。

「聖地に近づくやつを攻撃するってことは、それ以外だと積極的に攻撃してくるわけじゃないのか？」

「難破してたまたま流されてしまった者を助けた、そんな記録もある。おそらく、性質はあまり変わっていないと思うが」

ゲーム時のラ・ムォーンは遠洋を回遊するボスエネミー。

といっても、プレイヤー側から攻撃しなければ何もしてこない。深海を移動するので、たまたま見かけるということもほとんどないモンスターだった。

まれに浅瀬に出てきてプレイヤーを驚かせることがあるくらいだ。そんなことをするからトラウマ製造機のひとつとしてカウントされるようになったのだが。

「今のところは近づかないのが一番か。聖地の調査は進んでないけど、わざわざラ・ムォーンが守ってるところに突撃するのもな」

聖地は他にもある。藪をつつくようなまねはしたくなかった。

「とりあえず、先に宿をとっておこう」

「それならば、いいところがある」

馬車で入国したので、それを置けるだけの場所がある宿屋でなくてはならない。

カードに戻してもいいが、大きさが大きさだけにこっそり戻すというのは難しい。そういう宿をシュバイドに聞くと、心当たりがあるようだ。

しばらくして到着したのは、冒険者用の宿のひとつ『青凪亭《あおなぎてい》』。

中～上級の冒険者が使う宿で、馬車置き場や騎獣用の納屋など設備が整っているらしい。

シンは外にいた従業員の青年に声をかけ、馬車置き場に案内してもらう。

シュバイドたちには先に部屋を取るように頼んだ。シンはドラグニルの国というのは初めてだが、シュバイドなら無知ゆえのトラブルを起こすことはない。

無事宿を確保したら、今度はギルドだ。冒険者を動員する以上、氾濫が現在どういう状況なのか把握しているはずである。今は情報が欲しかった。

シュバイドにはメッセージカードを使って竜王にコンタクトを取ってもらっている。

「宿に着くまでも思ったけど、結構近代的っていうか、ゲーム時代の建物っぽいのがあるな」

「ドラグニルは長命種だからな。スキルレベルを高めた者もそれなりにいる。『栄華《えいが》の落日《らくじつ》』前から生きている者もな。他の長命種のように住む場所にこだわらん者も多いゆえ、こうなったのだろう。ロードの街もかつての首都に近いぞ」

ピクシーなら苑《その》を作ってその中で暮らす。

エルフなら森で暮らす。

ビーストも種族によって、多少住む場所の好みがある。

ドワーフは鉱山や森林地帯の近くに居を構えることが多かったが、これは単純にものづくりの材料が近くにあるからだ。

対して、ヒューマン、ドラグニル、ロードは、種族特有のどこで暮らすというようなものはない。多少ドラグニルが暑い場所を好む程度だ。

ヒューマン以外は長命種なので、シュバイドの言うとおり技術を窮《きわ》めるという点では短命種より優位。特殊な技能を有する者も多いようだ。

ただ、種族の意地とでも言うべきか、ものづくりに関してはやはりドワーフに分《ぶ》があるらしい。魔術的な技術以外はドワーフが監修しているという。

「組合ってやつか。できれば一度資料を見てみたいな」

エルクントのドワーフ、ヴァルガンは組合から対悪魔武器の資料を提供されていた。

今では御伽噺《おとぎばなし》扱いのものもしっかりと残しているあたり、組合の集める情報は馬鹿にできない。

「2人とも、そろそろギルドに着くわよ」

話に夢中になっていたシンとシュバイドに、フィルマの声がかかる。

シンがギルドに視線を向けると、武装した人々が出入りするのが見えた。反乱が起きているからか、出入りする様子も少し慌ただしい。

「ねぇ、なんだか私たち、注目されてない？」

「それはいつものことだから気にしなくていいぞ」

セティの周囲を見ながらの発言に、シンは冷静に返す。注目を浴びるのはベイルリヒトからずっとなので、さすがに慣れた。

シュニーとティエラの2人と歩いているだけでも羨望《せんぼう》から嫉妬《しっと》まで入り混じった視線を向けられるのである。

そこに、タイプは違えども美しくスタイルのいいフィルマと、愛らしさのあるセティが加わるのだ。もはやこっちを見ろと、周囲に宣伝しているようなものである。

シンとシュバイドに加えて体が大きいままのカゲロウもいるので、視線は向けても声をかけてくる者はいない。

「思ったより人がいるな」

ドラグニル用なのだろう。縦横ともにヒューマンの街のものより大きな扉を開いてギルドに入ると、ごった返すほどではないが多くの人でにぎわっていた。

依頼の張り出されたボードを見る者から、併設された食事処で料理に舌鼓を打つ者まで様々だ。

「予備戦力として待機している者や、そもそも迎撃に参加しない者たちもいる。大規模の反乱でなければこんなものだ。消費する素材を採取に行く者もいるな」

「なんか、それはそれで大変だな」

話を聞くほど、キルモントがなかったら大陸内が混沌としそうだと思うシンである。

「そこまで危機感を抱いてるわけじゃなさそうだけど、このままだと少しまずそうか」

人の少なくなったタイミングを見計らって、受付で何が起こっているのかを確認したシンたち。

氾濫によるモンスターの攻勢はすでに4度。数は多いが、モンスターのレベルは高くないようで、砦が陥落するような事態は起こっていないようだ。

ただ、低レベルモンスターが多い反面、桁違いにレベルの高い個体も何体か出現しており、シンたちが入国する際に見たのも、それを倒すために派遣された部隊だという。

「少し迎撃に協力したほうがいいか?」

「緊急事態と判断すれば、Bランク以上の冒険者には連絡がくる。受付嬢の話からすると、まだその域までは達していないようだが」

本当に危険な状況ならば、砦にいる兵士から王城へ連絡が行く。ギルドにもすぐに連絡が行くので、情報伝達については大きなタイムラグはないという。

シンとシュバイドの冒険者ランクはA。

もし混乱を避けるために情報統制されていたとしても、このランクならば別室で話をすることになるはずだ、とシュバイドは話す。

ただ、シンとしては時折聞こえてくる迎撃が間に合っていないんじゃないか、という主旨の発言が気になった。

人が多いせいで誰がしゃべっているのかわからないが、同じような話が繰り返されているように感じられたのだ。まるで、そういう噂を意図的に流しているように。

「……竜王のほうはどうだ?」

「迎えをやると連絡が来ている――――あれだな」

シュバイドと竜王は冒険者カードを使った新世代バージョンの心話が使えるようで、移動中に事情は説明し終わっていた。

ギルドは宿よりも城に近いので、馬車はこちらに回してもらったようだ。

シンたちがギルドを出て、出入りに邪魔にならない程度に離れて待っていると、数分と経たないうちに、明らかに周囲のものとは装飾の異なる馬車が近づいてきた。

馬車を引いているのは、騎乗用の馬より二回りは大きな馬型モンスター『ブルホース』だ。

「めちゃくちゃ目立ってるな」

「あまり時間をかけていられんからな。今回は大目に見て欲しい。それと、相談したいこともあるようだ」

心話でもやり取りはしているが、直接会って話もしたいらしい。どうやら、まだシンたちが把握していない何かが起こっているようだ。

「俺たちが伝えようとしていたことが、もう起こっていたとかか？」

「いや、今のところそういったことはないらしい。現状では、氾濫についてだと思うが」

シュバイドもまだ詳しい話は聞いていないようで、手を顎《あご》にやって思案顔をしている。

「お待たせいたしました。すぐに移動します。中へどうぞ」

シンたちの前で停車した馬車から降りた御者が、敬礼をしてから馬車の扉を開ける。

周囲の住民や冒険者たちから視線が集中するが、今回は仕方ないと、言われるがまま馬車に乗り込んだ。

王城からの迎えだけあって、門で足止めされることもなく十分ほどで城の入り口に着く。

馬車から降りると、すでに案内係が待機していた。

『すごいな。兵士の目がめちゃくちゃ輝いてたぞ』

案内係に続いて歩きながら、シンたちは心話で話をしていた。

シュバイドを見る兵士たちの目が、まるで人気のスポーツ選手やアイドルでも見た子どものようだったのである。

『初代国王でもあるんだし、当然でしょ。シュニーと違って姿も変えてないし。でも、確かに大の大人があそこまで興奮した様子を見せるっていうのもすごいわね』

フィルマもうなずきながら言う。心話なので周囲からすれば無言でうなずいているだけだが。

『ドラグニルを率いて戦った生ける伝説、『漆黒の竜王《ブラック・ドラゴンロード》』。味方を守り、強敵が現れれば真っ先に駆けつける英雄の中の英雄。その槍斧《そうふ》は敗北を知らず、ひとたび振るわれれば敵はただ倒れるのみ――ドラグニルの子どもの間では、鱗《うろこ》を黒く染めるのがはやっているとか』

何かがセティの琴線《きんせん》を刺激してしまったようで、バサッとローブを翻《ひるがえ》しながら謎のポーズを決め、ドラグニルの子どもたちの流行を語る。

『そういえば、城下町でも黒い鱗のドラグニルが多かったですね』

門からギルドへ向かう中で覚えがあったのか、シュニーが相槌を打った。

『茶化すでない』

「あいた⁉」

なにやら中二病のような雰囲気を出していたセティに、シュバイドの手刀が落ちる。

たいして力が入っているようには見えなかったが、物理攻撃と防御に重点をおいたシュバイドの手刀だ。

魔術攻撃と防御に重点を置くセティからすれば、手加減した一撃も十分な威力。

心話ではなく、思わず口から悲鳴が出るくらいには痛かったようだ。

案内役の人になんでもないとシュバイドが言い、歩みを進める。

『セティ、少しやりすぎですよ』

『シュー姉、それはもうちょっと早く言ってほしかった……』

そんな会話をしながら、シュニーに頭を撫でてもらっているセティである。

『ま、この国じゃシュバイドが尊敬されるのは当然なんだから、少しは大目に見てあげなさいな』

『セティのあれは、大目に見てはいかん気がするのだ』

そのうち「く、静まれ、私の右腕」とでも言い出しそうなセティ。

シュバイドが彼女に向ける視線は、かわいそうなものを見る目に近かった。

『それは、一部の人間が思春期に発症するあれか』

『あれだ』

自分もかかったことのある病に、セティもかかっているのかもしれない。黒歴史にならないことをシンは祈るばかりである。

『玉座の間とかに行くわけじゃないのか』

マップと【魔力波探知《マジック・ソナー》】で城内をマッピングしていたシンは、王に謁見する際に使うような大広間が進む先にないことに気づく。

『仰々しい段取りをしている暇はないらしい』

シュバイドはすでに知っていたようだ。

城内を進むにつれて、周囲に人通りが少なくなっていく。代わりに警備の兵士が増えていくので、城内でも重要な区画に向かっているのがシンにもわかった。

十分以上歩いて到着したのは、シンたちの進んできた区画のもっとも奥にある部屋。扉ひとつとっても細かな装飾と紋章が描かれており、特別な一室なのがよくわかる。

扉の前には門番の兵士が2人。どちらもドラグニルで、職業も同じ聖騎士。レベルも255とただの兵士でないことは間違いない。

装備もほぼ同じだが、シンから見て右側は東洋の龍に近い顔立ちで鱗は青。左側は西洋の竜に近い顔立ちで鱗は赤だ。

「お待ちしておりました。王がお待ちです」

案内係が無言で通路脇に移動すると、赤い鱗をもつ門番がシュバイドを見ながら言い、その後ろの扉を開ける。

連絡を取ったのはシュバイドなので、部屋に入るのもシュバイドが先頭だ。シンとシュニー、フィルマとセティ、ティエラとカゲロウの順で続く。ユズハはシンの肩の上だ。

「久しいな、シュバイド。また会えて嬉しく思うぞ」

扉が閉まると、部屋の中央に置かれた椅子に座っていた黒い鱗を持つドラグニルが立ち上がりながら言った。

その姿に、シンは今まで目にしてきた王たちと同じ雰囲気を感じた。多くの人を率いて立つ者の覇気のような何かを。

――ザイクーン・バール・キルモント　レベル255　暗黒騎士
レベルは当然のように、上限に達している。

今までの王はレベルの高い者たちばかりではなかったが、ザイクーンに関しては、それが当然のように感じられた。

シュバイドとともに戦場を駆けたこともある、というのも納得だ。

「シュニー殿以外は初めてお目にかかるな。我が名はザイクーン・バール・キルモント。竜皇国キルモントの王である。良しなに頼む」

シュニーは変装を解いている。シュバイドと行動をともにしていたこともあって、シュニーとも顔見知りのようだ。

シンたちも順に自己紹介をする。

「ふむ、シュバイドよ。かの者が、お前の主か」

「そうだ」

自己紹介をしているときから視線を感じていたが、すでにハイヒューマンのことは聞いていたのかとシンは思った。わかりやすいくらい、じっと見つめられていたのだ。

「なるほどのう。こうして実際に目の前にすると、御伽噺が真実であったと実感できる。底が見えんとはこのことか」

シンのことを見定めようとしていたのだろう。シン自身は、本来の自分に底が見えないなどという評価がつくとは思っていない。

多くの人が認め、恐れるのは、ゲーム時のアバターの能力と謎の称号によるパワーアップがあるからだ。現実に戻れば、ただの学生でしかない。

(もし、こっちの世界に来たのが現実の俺だったら、シュニーたちは今みたいに接してくれたんだろうか)

シュバイドとザイクーンの会話を聞きながら、シンはふとそんなことを思った。

『くぅ。大丈夫』

『ユズハ?』

考えを口にしてはいないはずだが、ユズハは肉球でシンの頬をむにっと押しながらそんな言葉を心話で送ってきた。

『皆、シンが強いから従ってるんじゃない。大丈夫。くぅ』

頬を摺り寄せてくるユズハに、肩の力が抜ける。

なぜ今そんなことを考えたのかわからない。ただ、ユズハの言葉はすっとシンの中に入ってきた。

ユズハが言うなら間違いない、そう思える。

『ありがとな』

ユズハに礼を言って、ザイクーンと目を合わせた。シュバイドの主として、恥ずかしくない姿を見せなければならない。

「情報はすでにお聞きですね？」

「うむ、人がモンスターに変わるという話だな。ゾンビの類《たぐい》なら見たこともあるが、シュバイドから聞いたようなことは我も耳にしたことはない」

大国といわれるキルモントの王でも、初めて知る情報のようだ。

「実際に目にしたシン殿からしてどう感じたか、聞かせてもらいたい」

シュバイドはあくまでシンから話を聞いたに過ぎない。実際に変化するさまを見たシンの意見は貴重だろう。

シンは、憑依されていたことや自我が残っているような様子だったことなど、できるかぎり当時のことを話した。城に不自然に残った侵入の形跡や脱出路に設置された罠のことなどは、憶測《おくそく》だと前置きしてから話す。

「ふむ、憑依状態を解除できれば操られた者も救えるかもしれんが、難しそうではあるな。確実でもあるまい」

「ただ生かされているだけだった場合、死体が残るだけの可能性もありますね」

憑依状態を確認したシンには、あのときのプレイヤーは生きているように見えた。

しかし、体の体積そのものが増加しているとしか思えない変貌を見ている身としては、自分たちの前に出てきた時点で、肉体的にはもう手遅れだったのではないかともシンは思う。

「救う手立てがない以上、見つけ次第、倒すほかあるまいな」

「そうですね。あのプレイヤーもそれを願っていましたから」

殺してくれと懇願した彼は、いったい何をさせられてきたのか。モンスターはそういう存在だとわかっていても、怒りを感じずにはいられない。

「貴重な情報、感謝する。この後はどうする。すぐに発つのか？　シュマイアが会いたがっていたのだが」

話し合いが終わったところで、ザイクーンが尋ねてくる。

シュマイアというのはザイクーンの娘らしい。この場にいてもよさそうなものだが、まだシンがハイヒューマンだとは伝えていないのだとか。

「いくつかの国には向かう予定だ。それと、あの話は断っただろう。我はすでに主の下にある。あの者の気持ちには応えられぬ以上、期待を持たせるようなまねはできん」

話の内容から、もしや皇女に思いを寄せられているのかと思ったシン。そんな話をしたような気もするが、思い出せなかったのでシュニーにこっそり確認する。

『はっきりと口にしていましたから、間違いありませんね。生まれたときから面倒を見ているので、娘のようなものだといっていましたが』

皇女の世話など、侍女や専属の世話係がやりそうなものだとシンは想像していたが、初めての子とあってシュバイドだけでなくザイクーンや王妃も暇を見つけてはかまっていたらしい。

「やれやれ、あやつをもらってくれそうなのはお前くらいなのだがな」

「冗談はよせ。懸想《けそう》しているものは多かろう」

「継承権やら序列やらを取っ払えば皇子や皇女は他にもいる。必要とあらば王族の地位など捨てるだろう。あれは意外と強《したた》かだぞ?」

「おぬし、態度が昔に戻っているぞ」

やれやれ、のあたりから明らかに雰囲気が変わったことに、シュバイドも気づいていたようだ。

「お前とその主、そして仲間しかおらんのだ。堅苦しい態度でいる必要はあるまい。我ももとは冒険者。そのうえお前ほど真面目でもない。肩がこるわい」

「おぬしというやつは」

ザイクーンはこういう人物らしい。シュニーも呆れたような困ったような、そんな微笑を浮かべている。

王としてはあまりほめられた態度ではないのだろうが、シンとしてはこちらのほうが接しやすかった。

「ん？　誰かこっちにくるな」

シュバイドとザイクーンの会話に和んでいると、シンの感覚が部屋に近づいてくる気配を察知した。マップで確認しても間違いなくこちらに向かっている。

反応はひとつ。歩いている速さではない。

「もしや」

「すまん、どうやらばれたようだ」

シュバイドの言葉にザイクーンが困ったように額に手を当てて言った。

反応の勢いはそのままに、部屋へと飛び込んでくる。その場にいた面々はそう思っていたのだが。

「止まった？」

反応は扉の前で止まり、門番とやってきた誰かが話をしているのが聞こえた。「入れろ」「無理です」の応酬である。

「成長したと言えばよいのか、まだまだだと言えばよいのか」

シュバイドは心当たりがあるようだ。話の流れから、シンももしかしてと思うところがある。

「よい、入れてやれ」

シュバイドがうなずいたのを見て、ザイクーンは門番に声をかける。扉が開かれるとドラグニルの女性が入ってきた。

翼や尻尾などの特徴から、人に近いタイプのドラグニルだとわかる。

深紅の髪を後頭部で結い、漆黒の瞳を持つ美女。

話題にでていた皇女だろうとシンは思ったが、ドレスではなく鎧を着ていたのには驚いた。

――――シュマイア・ウル・キルモント　レベル232　竜騎士
シンの想像したようなお姫様というわけではないようだ。ベイルリヒト王国のリオン王女のようなタイプに見える。

「シュバイドがいると聞いてきた！」

「まずは挨拶をせんか！」

開口一番そんなことをのたまった女性に、シュバイドの手刀が落ちる。セティにしたときよりも力が入っているのだろう。女性は頭を抱えてしゃがみこんだ。

皇女にそんなことをして大丈夫なんだろうかとシンは思うが、ザイクーンが何も言わないあたり、よくあることなのかもしれない。

「し、失礼した。私は竜王ザイクーンの娘、シュマイア・ウル・キルモントだ。シュバイドが来ていると聞いて気持ちがはやってしまった。ご無礼、どうかお許し願いたい」

立ち上がったシュマイアは先ほどとは打って変わってきりっとした表情で挨拶をした。若干表情がぎこちないのはまだ痛みが残っているからだろう。

「やれやれ、皆すまんな」

「まあ、重要な話は終わってるしな」

あとは辞するだけだったので、タイミングは悪くないとシンは申し訳なさそうな王とシュバイドをフォローした。

「む、話は終わったということはシュバイドに応援を頼んだのですか？　父上」

「応援？」

シュマイアの発言に、シュバイドが目を細めてザイクーンを見る。

ザイクーンは何のことかという表情をしていたが、しばっくれることはできないと判断したのかしぶしぶといった様子で話し始めた。

「まったく余計なことを話しおって。そんな目で見るなシュバイド。袂を分かった以上、軽々しくお前を頼るようなまねはできんのだ」

ザイクーンによると、聖地の影響で出現するモンスターの規模がかつてないほどに大きくなり、防衛線にほころびが出始めているらしい。

シンたちに話しかけてきた騎士たちはそんなことを感じさせるような雰囲気ではなかったので、知らないのか、あるいはうまく隠したのだろう。

「他国からの援軍はどうなのだ？」

「教会からの援軍が今日到着する予定だ。他にも、同盟を結んだ国々に連絡してある」

援軍の到着までなら、まだ余裕があるとザイクーンは言った。

しかし、ここまで大規模な『大氾濫』すら超えるような規模のモンスター大発生はいまだかつて見たことがないという。

モンスターの種類は多く、とくに昆虫タイプと四足獣タイプが多いようだ。

「高レベルモンスターも多いのではないか？　我らがキルモントに入国する際に第2師団が出て行くのを見たぞ」

「察しの通りだ。すでにレベル500以上のモンスターが、10体以上確認されている。砦の被害も深刻だ」

「ならば、なぜ」

「ここを出て行くとき、敵対することも覚悟していると言っていただろう。ゆえに――違うな。これは建前だ」

ザイクーンは一旦言葉を切り、シュバイドにまっすぐ向き直る。

「シュバイド。お前を頼るということは、お前の主に頼るということでもある。私は――いや、俺は、『栄華の落日』以前の世界を知っている、お前の主の力も知っている。知っているからこそ、軽々しく頼れんのだ」

ザイクーンはシンたちが行ったことを実際に見たことがあるのだろう。

伝説や御伽噺としてではない。事実としてハイヒューマンが何をしてきたのか、どれほどの力を持っているか知っているのだ。

「聞いているのはお前たちだけだ、正直に言わせてもらおう。俺は恐ろしかった。王としての責任があるゆえ毅然としていられるが、お前の主が来ると聞いたときは体が震えた。そして実際に見て、思った。想像以上どころではない。我らよりもはるかに強いモンスターもプレイヤーも、そのことごとくを灰燼《かいじん》に帰してきたあの力と姿が瞬時に脳裏によみがえったぞ」

本人にその意図がなくとも、持っている力が強すぎて迂闊《うかつ》に近寄れない。

実際にシンたちの戦いを目にしたことのあるザイクーンにとって、たとえシュバイドという繋がりがあったとしても、簡単に接触するのはためらわれるようだ。

今回は王としての責任が勝ったといったところか。

「シュバイドやシュニー殿から話は聞いている。こうして直接会ってみて、その人柄もいくらかつかめた。過剰に恐れる必要はないのもわかった」

さっきまでの気安い態度も、演技だったらしい。シンの人柄を見て、このくらいは大丈夫と思ったようだ。なれなれしくしすぎて機嫌を損ねないか、気が気ではなかったようだが。

「ただ、頼ってしまえば、その存在を隠し続けることはできないだろう。あの力はあまりに強大に過ぎる。気づく者は気づく。そうでなくとも、あれはなんなのだと探る者はでてくる」

キルモントにハイヒューマンの影あり。そんな噂も立ちかねない。

「一番恐ろしいのは、いざとなればそれに頼ればいいと、そんな考えを持ちかねんことだ。俺は聖人ではない。モンスターをものともしない圧倒的な力は確かに恐ろしいが、同時にひどく魅力的でもある。実際に戦うさまを見てその危うさを実感しているはずの俺でさえそうなのだ。伝聞でしか知らん奴らは余計に危うい。シュバイドがいたときも、同じようなことは何度もあった。シュマイアとシュバイドの仲を推す者たちの中にはまだそういう考えを持つ者もいる。仮に直接力を借りずにシュバイド、お前を借り受けただけだとしても、やはり同様の懸念はぬぐえぬ」

「私たちも、頼られることばかりではありませんでしたからね。こちらにその意思がなくとも、恐れられてしまうことはありました」

ザイクーンの言葉に、シュニーが反応する。

シュニーたちもまた、この世界では他と隔絶した力を持っている。実際に様々な国と交流を持っているのだから、ザイクーンが言うようなことも体験しているのだろう。

強い者を恐れ、避け、それでいて頼り、縋《すが》り、利用する。これはシンも似たような経験があるのでうなずかざるを得ない。

納得するシンを見て、ザイクーンは少しほっとした様子だ。言い切ったはいいが、正直にぶっちゃけすぎたと思ったのかもしれない。シンから見ても、話しているうちに勢いあまって、そんな印象を受けたのだ。

そんな中、シンがハイヒューマンだと知らないシュマイアだけが、話が見えずに困惑している。

「父上？　いったい何の話をしているのですか？」

「知らずともよい、と言いたいところだが、さて」

ザイクーンの動揺した様子に驚いているからか、シュマイアはシンの正体に気づいていないようだ。

ハイヒューマンが戻ってきたと推測できる内容でもあったので、いずれ気づいてもおかしくない。

ザイクーンはここでシュマイアに伝えるかどうか、悩んでいる様子だ。

この場には宰相や将軍のような、話し合いに参加してもおかしくないメンバーが誰もいない。本当に、ザイクーンしかシンのことを知らないのだろう。

「シュマイア。ここにいるのは、全員がシュバイドに匹敵する力を持った方々なのだ。そちらのフィルマ殿とセティ殿は、シュバイドと同じ黒の鍛冶師と呼ばれたハイヒューマンの配下だった方たちでもある。ジラート殿のことは知っておろう？　かの御仁以外のすべてが、ここにそろっているのだ。俺とて緊張もする」

「なんと！　長く姿を見せなかった方々までが！」

ハイヒューマンがいるからではなく、サポートキャラクターが全員そろっているからという方向にザイクーンは話を持っていく。たとえ娘であっても、軽々しく話す気はないらしい。

フィルマとセティは存在こそ知られていたが、『栄華の落日』以降、姿を見た者がおらず半ば伝説の一部と化しているらしいので間違いではない。

ただ、『界の雫《しずく》』に閉じ込められていたフィルマはともかく、苑から出ることもあったセティもそういう扱いだというのはシンも初めて知った。

心話で聞くと、外に出る際は正体を隠していたらしい。守っていたものと場所を考えれば、それが正しいだろう。

「ですが、ならばなおのこと、力を借りたほうがいいのでは？」

「いや、そう簡単な話ではないのだ」

危機的状況なのだから、借りられるものは借りてしまえ。そんなシュマイアの物言いに、ザイクーンはどうしたものかと悩んでいる様子だ。

シュマイアの言葉も間違ってはいない。国の指針を定める者の1人として、状況を打開し、被害を抑える手段があるならば使うべき。そう言っているのだ。

「ふむ、そういえば、おぬしは大規模戦闘の光景しか見たことがないのであったな」

ザイクーンとシュマイアのやり取りを聞いていたシュバイドが、思い出したとでも言うように口にした。それと同時に、シンに心話をつなげてくる。

意見はふたつ。

今までとは違う氾濫に、違和感を覚えること。

氾濫の迎撃に力を貸したいこと。

シュバイドによると、ザイクーンの過剰とも言える反応は、シンの存在を、発射したが最後、壊滅的な破壊をもたらす核ミサイルのようなものと認識していることに起因しているようだ。

必ずしもそうではないのだと教え、自分やシュニーよりも控えめの活躍にする。

そうすれば、シンがハイヒューマンとわかることはないだろうとシュバイドは心話を通じてシンに話した。

袂を分かったといっても、自分が王を務め、戦友が守っている国の危機だ。力になりたいだろう。そのくらいはシンにも察せられる。それに、今までのものより大規模かつ頻度の多い氾濫というのも気がかりだった。

視線を向けるシュバイドに、シンは小さくうなずく。合流してからずっと力を貸してくれているシュバイドの願いだ。たとえ、大仰な題目がなくとも断る理由はない。

「要は、ばれなければよいのだ」

「シュバイド？」

シュバイドらしからぬ、少し意地の悪い笑みに、ザイクーンとシュマイアはそろって困惑していた。

†

協力すると決まってからは、シュバイドは実に饒舌だった。

シュバイドは国の危機に一冒険者として馳せ参じたとし、シンたちはそんなシュバイドに協力する上級冒険者という位置づけで活動する。

ザイクーンがいうレベル５００超えのモンスターも、シンたちにかかればたいした相手ではない。

同じような活躍をして、全員が目立てばシンだけが注目されることもない。場合によっては、神獣を従えるティエラのほうが目立つ可能性もある。

「シュバイドとシュニーがそろってる時点で、そっちに目がいくだろうけどな」

大陸中で有名な2人が共闘するのだ。目立たないはずがない。

注目を集めるという目的もあって、今回はシュバイドとシュニーの変装はなしだ。

協力者という点で2人以外の面子《メンツ》にも目はいくだろうが、注目度は段違いだろうとシンは予想している。

「で、情報共有と周知のために幹部クラスが集まったわけだが……」

話が決まり、ザイクーンとシュマイア以外の官僚たちへの紹介と今後どう動くかを決めるため、シンたちは広い会議室に移動した。

そして、官僚や将軍、その副官など出陣している者以外の重要メンバーが集まったのを見ながら、シンはぼそっとつぶやく。

『なんでお前がいるんだ？』

『うーん、僕が教会からの援軍の中で一番強いから、かなぁ？』

『いや、聞き返されても困るんだが……』

1人でぼそぼそしゃべっているのは怪しいだけなので、プレイヤー同士のチャットに切り替えてシンは話す。

話し相手は小柄な体躯に不釣り合いなほどの双球を持つ少女、ミルトだった。

瘴魔《デーモン》に操られ、利用されていた彼女。シンによって正気を取り戻したミルトは、聖女を誘拐した罪滅ぼしに教会の仕事を手伝っている。

今回もその一環として、キルモントへの援軍に参加しているようだ。

会話はチャットでしているが、ミルト自身も笑みを浮かべながらシンに向けて小さく手を振っている。

『教会の信徒じゃなくて、あくまで協力者って体《てい》だから、指揮官とか隊長とか、兵士をまとめる立場ってわけじゃないんだけどね。最大戦力だから情報は知っておくべきだって言われてさ』

心話で話しながら、ミルトは視線を斜め前に向ける。

そこに立っているのは、教会所属の騎士が身につける装備一式を着込んだ男性と修道服を着た女性。キルモントの官僚とも話をしているところから、男性が代表で、女性が副官といった位置づけだろう。

自己紹介では、男性がライナ、女性がリューリィと名乗っていた。

『まさかシンさんがいるとは思わなかったよ。もしかして、今回の氾濫って瘴魔《デーモン》が絡んでるの？』

自分が関わった事件にも瘴魔《デーモン》が関係していたので、今回もそれなのかと思ったようだ。

『キルモントに来たのは別の用事があったからだ。今回の騒動に関しては、俺たちも話を聞いたばかりなんだよ。氾濫が頻発する理由もさっぱりだ』

『そうなんだ。別の用事って何か聞いてもいい？』

『ミルトも知ってる話だよ。ほら、少し前に連絡しただろ？　プレイヤーがモンスターに変わったってやつ』

キルモントに移動する間に、連絡可能なメンバーにはパッツナーでの出来事を伝えてある。

『あれかー。びっくりはしたけど、僕にはどうしようもないんだよね。憑依系の状態異常って使ってくるやつが少ないから、シンさんにもらったアイテムで自衛するくらいしかやりようがないし』

一応の保険として、メッセージカードに憑依を無効化するアイテムを添付して送ってある。ネックレスタイプなので外からは見えないが、装備しているのだろう。

『というか、王様に直接話しに言ったの？　まさか忍び込んで、あ、シュニーさんがいればいけるか』

『シュニーがいなくても忍び込んだりしねぇよ！　シュバイドはキルモントの元王様だからな、そのころの伝手《つて》を使ったんだ』

ミルトはシュバイドがキルモントの元国王だとは知らなかったらしく、話を聞いて驚いていた。

『なるほどね。皇国の話はあんまり聞いたことなかったからなぁ』

『今まで何をしてたんだ。あっちこっち行ってたってわけじゃないのか？』

『一度は操られちゃったからね。最初は近場のモンスター退治とかだったよ』

シンの手によって正気に戻り、聖女奪還にも協力しているので、全く信用されていなかったわけでもないらしい。

「ミルト、何をしている？」

「うん？　知り合いがいたから挨拶をちょっとね」

ミルトの様子に気づいたライナが話しかけ、視線の先にいたシンに目を向けてくる。少し目つきが険しい気がするのは気のせいではないだろう。

「今は作戦会議中だ。後にしろ」

「了解であります！」

シュバッと日本式の敬礼をしながらウインクをひとつ。

ライナの視線が一瞬、ミルトのたゆんと揺れた胸にいったのがシンには見えた。

シンも男だ、気持ちはわからんでもないと、ライナの視線の動きには気づかなかったふりをする。

「シン、そろそろ」

「おっと、悪い」

ミルトとのやり取りに気づいていたシュニーに注意され、シンは机の上に置かれた地図に視線を移す。軍をどう動かすか、本格的に話し始めるようだ。

地図はキルモントを右端に、聖地方面にむけて大まかに描かれている。砦の位置やシンにはわからない記号のようなものも描かれていた。

「現在、氾濫の第6波が第11砦に向けて侵攻中、と連絡が入っている。先に出発した第3近衛師団は第5波で出現したストルズの討伐に向かっているが、第6波の進行速度によっては戦闘中、もしくは戦闘後に接敵する可能性がある。高レベルモンスターとの戦闘中に低レベルとはいえモンスターの大群が雪崩《なだれ》込んでくるのはまずい。各砦への援軍も必要だが、まずは第3近衛師団にモンスターが近づかないようにするのを最優先としたい」

「もっとも近いのは第9砦か。そこへの援軍を回す他あるまい。部隊数を増やすか？」

「しかし、そこに注力すると他の砦の負担が大きい。とくに、最前線では砦の補修まで手が回らなくなっていると報告が来ているぞ」

会議は踊る、とまではいかないが、やはり限られた兵力をどこにどれだけ派遣するかで意見が分かれた。

「……シュバイドはどう思う？」

援軍の代表やキルモントの将軍が意見を出し合っていた中、黙って話を聞いていたシュマイアがシュバイドに話を振った。

その一言で、意見を出し合っていた者たちがぴたりと話すのをやめる。どうやら皆気になっていたようだ。

「各地の被害状況はおおよそわかった。次は敵について詳しい情報が欲しい。第1波から第5波までのモンスターはどうなっている？」

先ほどまでの紛糾ぶりが嘘のように静まり返った会議室に、シュバイドの声が響く。低く、落ち着きのある声に応えるのは、キルモントの第1近衛師団の大隊長を務めている男。

シュバイドよりもやや薄めの黒い鱗のドラグニルだ。名前はルバイドというらしい。

シュマイアもそうだが、シュバイドと名前が似ている理由は、キルモントでは、英雄にあやかった名前がつけられることが多いからだとか。

シンは以前、シュニーからそう聞いた。

「ファルニッド方面に流れたものまでは完全に把握できていないが、第4波まではほぼ殲滅できたはずだ。しかし、第5波はいくつかの固まりに分かれて各地に散った。数の大きい群れは対処したが、細かなものまでは対処しきれていないのが現状だ」

「高レベルの個体がいると聞こえたが？」

「そちらは第3近衛師団で対処できるはずだ。観測班からの情報で、高レベルの個体はほとんどが単独行動をしているのがわかっている。ただ、小さな群れと合流する個体も確認されている。こちらは砦か、こちらから、さらに援軍を送る必要があるだろうな。第2師団にも、無理な戦闘は控えるようにと指示を出している」

元国王とはいえ、今は一介の冒険者という体《てい》なので、ルバイドはへりくだった話し方はしなかった。シュバイドも気にしている様子はない。

第3近衛師団は単独行動している個体を狙う予定らしい。大物狩りを想定した部隊でも、高レベル個体と低レベル個体の群れは相手にできないようだ。

「ならば、そこにはこの、シンとティエラを向かわせよう」

「ん？」

「え？」

突然話を振られ、シンとティエラは困惑した声を漏らした。

ティエラが呼び捨てなのは、ティエラ以外のメンバーが呼び捨てだからだ。

サポートキャラクター同士ということで、基本的に敬称をつけて相手を呼ぶシュバイドも、シュニーたちは呼び捨てなのである。

「行動をともにしているという冒険者か。いけるのか？」

「我とシュニーが見込んだ者たちだ。この者たち全員が、我らに匹敵する力を持っていると思ってくれてかまわん」

「……この場は喜んでおくとしようか」

はっきりと言い切ったシュバイドに、ルバイドは少し表情を曇らせながら応えた。

完全に同格とまでは思っていないだろう。

だが、ルバイドたちからすれば国を滅ぼせる、もしくはそれに近いことができる人物が6人も集まっているというのは、恐ろしいものがあるだろう。

シュニーとシュバイドはその人柄もよく知られているが、それ以外のメンバーはどういった人物なのかも不明なのだ。

「シンという名前の実力のある冒険者。もしや『斬鎚《ざんつい》』のシン？」

「……ええ、まぁ。そう呼ばれることもあります」

『斬鎚』の名を口にしたのは、ミルトを注意していた教会の騎士ライナだった。

「バルメルの大氾濫で名を上げた冒険者か。ん？　シン殿が『斬鎚』ならば、もしやティエラ殿は『弓姫』では？」

「えっと、それはよくわかりません」

「戦場を貫く光の矢を放った弓使いが、そう呼ばれているのです。珍しい、黒髪のエルフだったと聞いています。確か、『斬鎚』のパーティメンバーだとも」

話の内容から、ティエラで間違いないだろうなとシンは思った。

バルメルではシュニーと並んで有名だったので、二つ名がついていても驚きはしない。むしろ、なぜ自分の『斬鎚』ばかり広まっているのかと思うくらいだ。

ただ、ティエラに関しては、渡してある弓姫シリーズと同じ二つ名になっているとは思っていなかった。

バルメルでは使っていない装備なので、単純に、弓使いの美女的な意味合いなのだろう。

「その活躍なら私も耳にしている。我々が対峙しているのも規模はすでに大氾濫と同じだ。そこで活躍したのならば、両名とも期待できそうだな」

「無論だ」

ルバイドの言葉に、シンではなくシュバイドが大きくうなずく。

シンとしてはバルメルのことはもうかなり前のことだと思っているのだが、やはり情報の伝わりの遅さゆえか、それとも冒険者のことだからか、ライナやルバイドの話を聞いて驚く者も少なくない。

「提案なのだが、シン殿とティエラ殿は我々と行動をともにしてはどうだろうか。近くの第9砦への援軍は事前の決定では我々教会の担当だ。状況によっては第3近衛師団への援護も行う。目的地が同じならば、別行動する必要はないと思うが」

話が途切れたタイミングで発言したのはライナだ。別行動を前提に考えていたシンは、「おや？」と疑問が浮かぶ。

「元の予定通りですむならば、我らに断る理由はない。シン殿はどう思われる？　シュバイド殿のパーティに関しては個別の判断で動いていいという指示がきているが」

そう言ってルバイドが視線を会議室の奥へと向ける。

ルバイドの視線にうなずくのはザイクーンだ。キルモントでは軍の行動に関する最終決定権は竜王にある。

シンたちの場合、下手に軍に組み込むよりも個別で動いたほうがモンスターを倒すには効率的だ。

「大至急応援に行ったほうがいいなら先に行きますが、そうでないならかまいません。ティエラはどうだ？」

「ええ、私も異論はないけど」

自分の知らない二つ名が広まっていることを知ったティエラは少し動揺している。

この状況での提案に何かありそうだなと思いながらも、危険なモンスターの討伐に向かえるなら問題ないとシンはうなずいた。

シンはモンスターのいる場所もわからないし、教えられても土地勘がないので必ずしも的確に標的を発見できる保証もない。

単独行動をとることももちろんありえるが、バルメルのように向かってくる敵にただ突っ込んで暴れればいいという状況でもなかった。

少なくとも、軍のほうではモンスターの位置を的確に捕捉しているという。ならば、わざわざ別の場所に行ってしまう可能性のある行動をする必要はない。

もうひとつ理由を加えると、ミルトに救出した聖女ハーミィのその後のことを聞く機会だとも思っている。

「他のメンバーはどうする？」

シンはシュバイドに問う。あくまでシュバイドが上、というのを見せておくためだ。

「我はセティと、シュニーはフィルマと行動をともにしてはどうかと思っている。そのほうが、数を相手にするにはいいだろう」

前衛と後衛の2人1組。シンとシュニーは状況しだいでどちらもこなせるので、バランスは悪くない。

ティエラもステータスが上がり、シンが提供した装備も相まって後衛としては十分な能力を備えている。

戦闘力ではパーティ内でもっとも低いが、シンと組み、さらにカゲロウのサポートもあれば足手まといにはならない。

というよりも、比較対象がおかしいだけで、世間一般から見ればティエラも怪物の領域に足を踏み入れているのだ。気後れしているのは本人だけである。

他にも、シュバイドとシュニーは顔も名前も知られているので情報が伝わっていない兵士に会っても信用してもらえるというのもあるだろう。

「我とセティは西に進路をとりつつ聖域へ向かう。シュニーとフィルマは北寄りに進路を取って各自、目に付いた群れを殲滅、数を減らす。シンとティエラは高レベル個体を優先して狙いながら遊撃でどうだ」

「異論なし」

とくに問題ないだろうとシンは応じる。

氾濫でとにかく気をつけなければいけないのが、モンスターの数だ。

シュバイドとフィルマがモンスターを集め、広域殲滅ができるセティとシュニーで吹き飛ばせば効率的に減らせるだろう。少人数なので小回りが利くし、乱戦になって魔術が撃てないということもない。

　少人数ゆえにカバーできる範囲には限界もあるが、そこは高いステータス頼りの高速移動で補填する。それでも一般的な軍とは速度も殲滅力も桁違いだ。

「動員数は違うが、シュバイドがいたころと同じ戦法だな。効果も実証されているし、我らとしても特別な対応をしなくてよい。いいのではないか？」

「そうですな。下手に特殊な戦法をとると混乱を招く可能性もある。異論のある者はいるかな？」

　シュマイアが同意しルバイドに問うとこちらもうなずきを返した。

　シュバイドがいたころも、前に出てモンスターを集め一気に殲滅する戦法をとっていたらしい。キルモント勢からすれば、慣れたものということだろう。うなずいている者も多い。

　シンたちの運用が決まると、話は早く進んだ。やはり、戦力をどう分配するかがネックだったようだ。

「で、なんで当然のようにお前はついてきてるんだ？」

「ひっどいなー。僕とシンさんの仲じゃない」

　会議が終わり一旦解散になると、シンたちは宿へと戻った。王城に部屋を用意するという話も出たが、シュバイドたちの身分は冒険者。特別扱いは無用とシュバイドが辞退した。

　そんな中、シンたちについてきたのがミルトである。

「教会の連中と一緒じゃなくていいのか？」

「行きたいって言ったら、むしろ勧められたよ。シンさんよりも、シュバイドさんやシュニーさんと繋がりを作っておきたいってところかな。彼らは『予言』じゃなくて『癒し』の聖女様の派閥だからね」

誘拐事件の際に、『予言の聖女』であるハーミィ救出に協力者がいたことはすでに知られているらしく、かなり強力な選定者であることまで伝わっているという。

聖女間に敵対関係があるわけではないが、派閥というものはあるようで、強者とコネを持っておきたい思惑があるのだろう、とミルトは語った。

「まあ、僕はコネづくりするつもりはないんだけどね」

「だろうな」

そう、ミルトはコネづくりを口実に話をしに来たのだ。

「昔馴染みは少ないし、頻繁に連絡も取れないからね。こんなときくらい話をさせてもらわないとさ。僕も教会で聞いた話とかするよ？」

「話をするのはいいが、くっつきすぎだ」

「えぇー、いいじゃないかよぅ」

意識しているのかいないのか。ミルトはその胸にシンの腕を挟む形で抱きついていた。すぐに引き剥がしたが、ティエラの視線がシンを貫いてくる。

シュバイドやシュニーはすでに行動を開始しているので、残っているのはティエラとユズハ、カゲロウだけだ。

シュニーがいれば、間違いなくティエラと同じ視線を向けてきたに違いない。

「前はいなかった人たちもいるみたいだし。これは面白い話が聞けそうだね」

「あまりいい予感がしないんだが……」

教会の出撃に合わせるのでシンたちの出陣は明日。

今夜は一緒の宿に泊まると言ってはばからないミルトに、緊張感なさすぎだろうとシンは頭を悩ませるのだった。

Chapter 2 前哨戦

THE NEW GATE

翌日。

妙にテンションの高かったミルトをティエラの部屋に押し込み、なんとか一緒の部屋で寝るという事態を回避したシン。仮に一緒の部屋で寝たとしても何も起きないのだが、誤解を招きかねない行動をする必要などない。

「気がついたらティエラちゃんに抱き枕にされていた件について」

「知らんわ」

最後に見たミルトは思い切り船をこいでいたので、任せたティエラともどもベッドに入ってそのまま寝てしまったのだろうとシンは思う。ティエラの表情がつやつやしているように見えるのはきっと気のせいだ。

「あはは、ちっちゃくて可愛いから、つい」

「ほどほどにな。でも、それならセティも条件は同じじゃないのか？」

一部に天と地ほどの差があるが、それ以外の条件はおおむね一致している。それをシンが言うと、

「見た目はそうだけど、圧倒的に年上だから……」

どれだけ幼く見えようと、年上はそういう扱いはしないらしい。確かに年齢で言えばミルトとティエラはセティほど圧倒的な開きはない。そのせいか、つい可愛がってしまうようだ。

「姉も兄もいなかったから、これはこれで新鮮な体験だけどね」

「そうなのか？　子ども扱いされて怒るみたいなのは体験済みかと思ってたが」

「ふっふっふ、僕の圧倒的母性が、子どもと思わせないのさ」

ふふんと得意げにミルトは胸を張る。主に男から母性の象徴と言わしめるものが大きく揺れた。この部分だけならば、成人女性をはるかに上回るのは間違いない。

「ま、実際は男の人はいやらしい目で見てきて、女の人からも結構嫉妬の視線がくるよ。なんていうか、マスコット的な意味で可愛がってくれる人もいたけど、実力を知ったら怖がられちゃうことがほとんどだったし」

その小柄で愛らしい見た目とは裏腹に、大の大人でも持てないような巨大なハルバード、『ブレオガンド』を振り回してモンスターを真っ二つにしたり、多彩な毒を使って相手をじわじわと弱らせたりして戦うのがミルトのやり方だ。

外見に似合わず、戦闘スタイルは物理重視なのである。

以前、小さな町で低空飛行で襲ってきたワイバーンの上位種、ハイヴァーンの首をジャンプと同時に振り上げた『ブレオガンド』で一刀両断したときなどは、周りで待機していた冒険者から賞賛と畏怖《いふ》の視線を向けられたという。

仲良くしていた者たちも、今までと同じ距離感で付き合えなくなってしまったらしい。それでいて男のいやらしい視線は減らないのだから納得いかないとミルトはふてくされる。

「わからなくもない、ような？」

シンはこちらにきてそこまで露骨に態度を変えられた経験がほとんどないので、ふんわりとした理解しかできない。

「いやらしい視線に関しては、すごくよくわかるわ」

ミルトの独白を聞いて、うんうんとうなずくティエラ。

行く先々で注目を浴びているのはシンも知っているので、その言葉には納得である。ミルトには劣るが、ティエラもなかなか立派なものを持っているのだ。

そのうえ美人と来れば、男は視線を向けずにはいられないだろう。

「シンさんならじっと見てもいいよ？　ほれほれ」

ミルトはにやにやしながら腕で胸をぎゅっとよせ、シンに近づいてくる。

ミルトのメイン装備である和道闘衣は上半身の露出が少ないので、こういったポーズにはお約束の深い谷間が見える、というようなことはない。

ない、のだが、服がそのまま胸の形になるとまではいかないまでも、かなりぴったりとした状態になっているので肌色成分がなくてもどこか卑猥に見えてしまう。

「露骨にからかい始めたな、こいつ。ええい、よるな」

この場にはティエラやユズハもいるので、誤解を招きかねない言動はすまいとシンはミルトから距離をとる。シュニーのおかげでその手の誘惑には耐性ができたのだ。

「でもま、こうやって気軽にからかえる相手が少なくて困るよ。こっちの人たち相手だと、僕の力や装備が目当てじゃないかってどうしても勘ぐっちゃうし。心を許せる相手っていうのが、なかなかできないんだよね」

「いや、気軽にからかうなよ、まったく。教会は窮屈か？」

真面目な雰囲気になったので、シンも真面目に返す。

「ハーミィちゃんとか、リーシアさんとか、いい人もいるよ。でも、婚約がどうのお付き合いがどうのってなると、どうもねぇ。申し込まれたり紹介されたりいろいろあったけど、だいたい『俺強いだろ？』『すごいだろ？』『惚れるだろ？』みたいな人が多くて」

この世界では直接的な強さは大きな魅力のひとつだ。

冒険者なら稼ぎもよくなるし、生まれが上流階級なら待遇がよくなったり、地位が上がったりする。当然、そういった者たちはまず自らの強さをアピールする。

ただし、それが好印象となるかは別だ。

「強い相手と戦うのは好きだったろ。そのつながりで強いやつは好きなんじゃないのか？」

「ゲームのときは純粋に戦いを楽しめたし、デスゲームになってからは殺してくれる相手を探してたからだからね。今はもうそれほどこだわりはないよ」

「え、ちょっと待って、殺してくれる相手……？」

ミルトが何でもないように口にした内容に混ざっていた物騒な台詞に、ティエラが反応する。

「シンさん、ティエラちゃんには昔のこと話した？」

「ああ、マリノがいたときからいなくなった後までな」

「そこまで話したんだ。なら、いいかな」

人前でする話もないので、食事を部屋まで運んでもらう。ミルトは食事をしながら、簡潔に何があったのかを話した。

「それって……」

「もう終わったことだよ。気にしない気にしない。ほら、今はこうして生きてるし、シンさんとも仲良しだし」

「仲良しはちょっと違うような？」

「ええー、そこは同意してよぅ」

ぶーぶーとミルトは口をとがらせる。今のシンとミルトを見て、殺した者と殺された者の関係には見えないだろう。

「まあ、そんなわけで、さっきのはからかい半分、本気半分くらいなんだよ」

「本気の部分がわからんが」

「お嫁さんにしてもらうなら、シンさんかなぁって」

「やめろ、シュニーが……ってそうか」

そういえば言ってなかったなと、シンはミルトにシュニーと結婚したことを話した。

「そっか。こっちに残ることを選んだんだね」

シンだけは帰れるかもしれないことを、ミルトはわかっていたのだろう。

ふざけていた雰囲気はなくなり、穏やかな表情で言った。だが真面目だったのは一瞬のことだった。

「いろいろと思うところはあるけど、とりあえずシンさんがこっちに残るのは僕にとっては好都合。そして、シュニーちゃんが1人目ということは、まだ第2夫人の座は空いているわけだ」

にやりと笑うミルトに、シンは「おいコラ」と突っ込みを入れる。

「空いてねぇよ。俺は一夫一妻の国の住人だ」

「ハーレムは男の人の夢じゃないの？　フィルマさんにセティちゃん、いずれは全員とか思ってたんだけど」

「漫画や小説に毒されすぎだ。俺をそんな風に見てたのか」

首をかしげるミルトにデコピンを喰らわせ、シンは最後の一口を平らげた。相手がミルトだけなら冗談で済む話だが、ティエラがいるのでどう受け取られているのか若干気がかりだ。

「ふーん、ハーレムねぇ……」

「ちょ、今の話聞いてただろ。興味ないぞ」

ジト目のティエラに、シンは待ったをかける。

実はティエラも狙ってました、などと思われては敵《かな》わない。エルフは一夫一妻が基本。あらぬ誤解をされてはいかんと、シンははっきりと言い切った。

「くぅ、強い雄は雌をいっぱい従える」

「ユズハ、お前もか……」

今まで黙って肉をもぐもぐしていたユズハが、なぜかきりっとした表情で言った。子狐モードのユズハは考えが動物寄りなので、人の考えるハーレムとは意味が違いそうだが。

「ま、師匠に聞かれないようにしたほうがいいわよ。怒った師匠は怖いから」

「それは知ってる。いや、そうじゃなくて、シュニーはさすがにわかってくれると思うぞ」

他の女に興味があるような素振りはしていないはずとシンは思う。

「ちぇー、残念」

「残念じゃねぇよ。なんで嫁なんて話になるんだ」

「シンさんなら僕の力なんて気にしないし、大事にしてくれるでしょ？　死神モードのときも、なんだかんだで面倒見てくれたし、邪険にもされなかったし。根っこのところは変わってないんだなって思ってたんだよ。それに、国が何かしてきても問題にならないのもいいよね」

「否定してやりたいが否定できない」

ミルトはシンの恋人だったマリノと、現実のことも話し合うほど仲が良かった。また、ゲーム時代のまともだったときとそうでないときのシン、両方と関わりがある。

この世界でシンがどういう存在かも、ミルトはわかっている。シュニーとは別の意味で、シンのことを理解しているといえた。

「だが、そういうのは応えられないから余所《よそ》を当たってくれ」

「ふっふっふ、ハイピクシーの寿命を侮ってもらっては困る。時間をかけて攻略していくさ。僕的にはシュニーちゃんが認めてくれればいける気がするんだよね」

「やめろまじで」

ミルトなりの冗談だろう。冗談だよな？

そんなことを思いながら、シンは話を切り上げた。

まだ時間に余裕はあるが、早く行っておいて損はない。

トラブルがあって早く出発しなければならなくなるなんてこともあるので、シンは食事が終わったところですぐに集合場所へ向かうことにした。

「もう準備はできてるみたいだな」

物資の最終確認をしているようで、それが終わればいつでも出発出来るようだ。

シンたちは部隊の最前列を進むことになっているので、そちらに向かう。

向かった先では、教会の騎士であるライナが誰かと話をしていた。服装から騎士ではなく偵察部隊の人間だろうと思われる。

「何かあったのか？」

「今しがた、高レベルモンスターについての情報が更新された。第2近衛隊によってストルズは撃破されたようだが、他に確認されていなかったモンスターが複数発見されたらしい」

ともに行動するのが決まった際にシュニーやシュバイドの仲間だからか、ライナはシンたちにも敬語で話してきた。

シンは、畏《かしこ》まった話し方はしなくていいと告げてある。あまり礼儀正しいと貴族の出かと疑われることもあるとシュニーに言われたので、シンも砕けた話し方だ。

「名前がわかっているのはアザトースとファルシャクスの2体。他に狼型のモンスターと蠍《さそり》のような昆虫型モンスターがいるようだ。こちらは観測班にいる【分析《アナライズ》】持ちには名前がわからなかったと聞いている」

「わかっている特徴を教えてもらっていいか？」

特徴によってはモンスターを特定できるかもしれないと、シンは詳しい話を聞く。

狼型のほうは黄色く燃え盛る鬣《たてがみ》を持つ全長10メルほどのモンスター。

上下に突き出す大きな牙を持ち、毛皮は真紅。長い尻尾が2本。歩いているだけで地面が燃えていたという。

蠍型のほうはハサミを持つ前足が左右にあり、それ以外に足が左右3本ずつ。尾の先には針の代わりに、鰐《わに》の口のようなものがついているらしい。

「ヴォルフリートとダイルオビオンかな？」

「十中八九、そうだろうな」

ミルトの予想にシンもうなずく。特徴がわかりやすく、比較的有名なモンスターなので覚えていた。

「狼型がヴォルフリートで、蠍型がダイルオビオンで間違いないと思う。ストルズは倒したって話だけど、もし少しでもてこずったようなら戦うのはやめたほうがいい。どっちもストルズを捕食する側だ。とくにヴォルフリートはやばい」

ミルトからライナに向き直って話す。

ダイルオビオンはレベル帯700～750ほどのモンスター。

硬い外骨格は物理だけでなく魔術にもある程度の耐性があり、鋏《はさみ》は伝説級《レジェンド》の武具を紙のように断ち切る。

もっとも危険なのは、蠍なら毒針があるだろう場所にある口だ。蠍本体ではなくこちらが本物の捕食口であり、見た目は外骨格をまとった鰐の口が一番近い。

こちらは神話《ミソロジー》の武具でも性能によっては噛み千切る力を持っている。おまけに溶解液まで発射する厄介な相手だ。魔術攻撃をしてこないのが唯一の救いだろう。

ストルズは雷をまとった馬型モンスターで機動力もあり雷を撒き散らす厄介な相手ではあるが、レベル帯は500～600と大きく差がある。

当然、戦闘力も段違いだ。ストルズを軽くあしらえたとしても、軽々しく挑むべきではない。

そして、シンがもっとも警戒するのはヴォルフリート。

こちらはレベル帯750~800とダイルオビオンのさらに上を行く。形は狼だがその足は太く力強い。そのうえ俊敏性も併せ持つ強力なモンスターだ。

何より重要なのは、ヴォルフリートは神獣に分類されるモンスターだということ。

「神獣……？　馬鹿な。氾濫で高レベルモンスターが出現することも稀だというのに、神獣だと？　いや、そもそも、氾濫で神獣が現れたなど記録にないはず」

シンの話を聞いたライナは、信じられないと首を振る。

その疑問はシンも同じだった。氾濫では基本的に低レベルモンスターが大量に出現するという法則がある。

もちろん、これは長年、氾濫をとどめ続けてきた国や都市からの情報をまとめた結果であり、誰にも断言はできない。

しかし『栄華の落日』以降、何百年もその法則が続いてきたのだから、そういうものだと思うのは仕方がないことだ。

重要なのは、その法則が崩れ始めているかもしれないということだろう。

「本当に氾濫で出現したのかはわかりません。もしかすると、どこからか移動してきたという可能性もあります」

「それは、確かに」

誰も出現する瞬間を見ていないので、あくまで可能性の話だとシンは強調した。

仮に氾濫で出現したのだとしても、知能が低下している状態なら本来の状態より戦いやすいはずだ。

「……今の話を聞いていたな？　第2師団の本体へ情報を送れ！　大至急だ！」

ライナはすぐ隣でシンの話を聞いていた男に真剣な顔で告げた。

男のほうも顔をこわばらせながらうなずくとすぐに駆け出す。

急がせるということはライナは第2師団の戦闘力を把握しているのだろう。どうやら、ダイルオビオンクラスを相手にはできないようだ。

「我々は援軍として第9砦に向かう。シン殿とティエラ殿は大型モンスターを発見し次第そちらに向かうという話だが、いけるのか？　先ほどの2体以外にも、アザトースとファルシャクスもいるようだが」

ライナはシンの情報を疑っていないようだ。

ミルトも同意しているので、間違いないと判断したのかもしれない。

アザトースとファルシャクスは、どちらもレベル600前後のモンスター。ヴォルフリートやダイルオビオンに比べると見劣りする相手だ。

「問題ない。倒したこともある相手だ」

こちらの世界で戦うのは初めてである。しかし、対策をすれば恐れるような相手ではない。

そして、仮に対策がなくても圧倒的なステータス差のあるシンなら何の問題もない。対策をするならティエラやカゲロウにだろう。

「神獣が出てくるとなると、私は近づかないほうがよさそうね」

「僕も対策しないときついかな」

同じモンスターが複数出現するパターンも確認されているので、ティエラとミルトは遭遇した状況を考えているようだ。

さすがに神獣が複数出てくることはないと思いたいが、ティエラたちにはダイルオビオンが複数出るだけでも厳しいだろう。

『装備、強化しとくか？』

現状の装備では万が一があるかもしれないと、シンは心話でミルトに提案する。

『いいの？　助かるけど、シンさんの能力がばれるかもしれないよ？』

『到着までには時間があるから、その間にうまくやるさ。シュニーたちから提供されたものを貸与するって形にしとけば、無理やり徴発されることもないだろ』

低レベルモンスターが相手ならば何の心配も要らない。

ただ、ミルトはこの世界では強者に分類されるが、シンたちのような圧倒的な強さを持っているわけではない。ステータスはかなり偏《かたよ》っており、モンスターによっては相性しだいで危険な場面もあるだろう。

数少ないプレイヤー仲間で、マリノの友人でもあったミルトだ。装備が万全でなくて死にました、などあってほしくなかった。

「出陣する！」

準備が整い、教会からの援軍――呼称は教会戦団というらしい――が第9砦を目指して動き出した。多くは歩兵だが、ライナを始めとした騎士たちは騎獣に乗って移動している。

騎士たちの一部が緊張気味なのは、ライナから向かう先にいる可能性のあるモンスターの事を聞いたからかもしれないとシンは思った。

「大きさが自在っていうのは便利だね」

「それは俺も思ってる。本来の大きさだったら町に入るどころの問題じゃないからな」

シンたちはなぜかやる気満々のユズハとカゲロウに騎乗している。初めて見る者には驚かれるが、その程度はどうということはない。

ちなみにミルトはシンの後ろで、エレメントテイルに乗れる日が来るとは、とはしゃいでいた。

歩兵に合わせると移動にかなり時間がかかりそうなものだが、魔導士の身体強化系のスキルやアーツを薄く広くかけることで、速度を上げているそうだ。

そのおかげで一般人が走る以上の速度が出ている。

「モンスターの気配がないな。氾濫が起こってるならもう少しモンスターの反応がありそうなもんだけど、いつもこうなのか？」

「僕の経験だと、もっと遭遇率が高かったはずだよ。会議でも全部倒せたとは言ってなかったし」

移動開始から３日。

スキルとマップを併用して、広い範囲で索敵を行っていたシンがあまりの反応のなさに振り返りながら聞くと、ミルトは考え込むようなしぐさをしながら答えた。

多くが倒されたとはいえ、氾濫で出現するモンスターの数は膨大だ。

聖地からキルモントに向けて広がる土地は広大だが、ここまで一匹もモンスターを見ないというのも妙な話だった。

氾濫であふれたモンスター以外にも、普通のモンスターや野生動物も棲息しているはずなのだから。

「単なる偶然ってわけじゃないよな」

たまたま遭遇しなかった。そう考えられるほど、状況は甘くない。

しかし、調べられるような何かがあるわけでもなく、まったくモンスターと遭遇しないまま１週間が過ぎた。

あと半日も進めば第９砦が見えるというところで、やっとお目当てのモンスターを感知する。

「話には聞いてたけど、本当にたいして動いてないな」

発見の報告を聞いたのが１週間前だ。

モンスターはシンたちの背後、キルモント方面へと向かっているので、体力や機動力を考えればもっと早く接敵していなければおかしい。

「モンスターの感覚を惑わせて、一定範囲にとどめておく。よくできてるよね」

シンたちに尾を向けて威嚇するように鳴き声を上げているダイルオビオンを見ながら、ミルトが言った。

広大な土地を守るには今の砦と兵士では数が足りない。

そもそも、兵士や冒険者を常に展開しておくこともできない。ではどうするかと考え、実行されたのがモンスターの誘導だった。

地中深くに埋められたアイテムによって、幻覚の魔術がモンスターに向けて放たれる。

集まってきたモンスターは一定範囲を延々と歩き回り、場合によっては同士討ちをする。

そうやって弱り、数を減らしたところを騎士や兵士が倒していく。

氾濫で知能の低下しているモンスターは幻覚への耐性も低く、この方法がとても効果的だった。

「でも、さすがに全部は無理だったみたいだね」

念のため身を隠しながら、シンたちはモンスターの様子を見ていた。シンはスキルで、ミルトとティエラは望遠鏡を使っている。

指揮官としてライナとリーリャも同行し、同じように望遠鏡でダイルオビオンを見ていた。教会からの援軍はさらに後方で待機している。

視線の先にいるのはダイルオビオンのみ。ヴォルフリートと思われる姿や反応はない。

誘導されて集まってきたモンスターが同士討ちすることもあると聞いていたが、今回はある程度の成果しか上がらなかったらしい。

ある程度と言えるのは、ダイルオビオン以外のモンスターはいないからだ。正確にいうなら、『生きている』モンスターはいないだろう。

ダイルオビオンが動き回っていただろう大地には、かなりの数の死体が転がっている。1メルほどの小型のものから、数メルはある大型のものまで。

とくに大きいのは、ぶつ切りにされた細長い胴体。

報告にあったアザトースのものだ。ところどころ肉が溶けていたり千切れていたりするのは戦闘の痕か、はたまた食べられたのか。

アイテムはモンスターが餓死するまでとどめることはできないということなので、餌となるモンスターがいなければダイルオビオンも移動してしまっていたかもしれない。

「下はダイルオビオン。上はファルシャクスか」

シンが空を見上げれば、そこには悠々と空を舞う、四つの翼を持つモンスターの姿があった。

漆黒の羽に金の冠、色とりどりの長い尾を持つ飛行系モンスター、ファルシャクス。

急降下からの鋭い爪の一撃は、格上のモンスターにも大ダメージを与えるだけの威力がある。

だが、今回はダイルオビオンに襲い掛かることはしなかったようだ。レベル差や相性を考えると、返り討ちに遭う可能性が高いと本能的に察したのかもしれない。

「まずはファルシャクスを落として、それからダイルオビオンだな。教会戦団の人たちは迂回するか、俺たちがあれを倒すのを待ってもらうかだが」

「問題なく倒せるというのなら待機させておくが、本当に大丈夫なのか？」

ダイルオビオンをその目で確認したライナが緊張した面持ちでシンに問うてくる。

氾濫に対する援軍を率いている以上、ライナも相応の戦闘力がある。

だからこそ、視界の先で動き回るダイルオビオンやファルシャクスの強さがわかるようだ。

「見たところとくに変異しているような個体でもない。大丈夫だ」

【分析《アナライズ》】で確認したダイルオビオンのレベルは722。ファルシャクスは602。

どちらも飛び抜けた数値ではなく、亜種や特殊個体というわけでもない。

知性に関しては、延々と同じ場所をぐるぐる回っているのを見れば、さほど高くないのはわかる。

知性の高いモンスターには誘導効果があまりないこともわかっているのだ。

「では、我々は戦いの邪魔にならないよう下がっておく。頼んだぞ」

ライナの心配を払拭する意味もこめて、自信満々にうなずいておく。それで少しは安心できたのか、ライナとリーリャは後方で控えている教会戦団の元へ移動していった。

「あんまり緊張しないのは何でかしら」

ライナたちが下がるのを待つ間、シンの隣でダイルオビオンを見ていたティエラがポツリとこぼす。

今回はまずティェイラとミルトが戦い、危ないようならシンが参戦するという形になっている。ライナが心配そうにしているのはこれも理由のひとつだろう。

これはティエラとミルト、双方の発案である。

「私たちが目立てば、シンへの注目も少しは減るでしょ？　それに、いい加減私も戦えるようにならないと」

リフォルジーラとの戦いを経て、ティエラの中で意識改革があったようだ。シンへの注目というのもそうだろうが、いつまでもシンたちの陰に隠れているわけにはいかないと思うようになったらしい。

今は陽炎シリーズを装備しているが、戦闘ではバージョンアップした弓姫シリーズを装備する予定だ。

「ふっふっふ、僕の新装備を試すにはちょうどいい相手だね」

ミルトがやる気な理由は実にわかりやすい。道中でシンが武具一式を鍛え直したからだ。

『ブレオガンド』は巨大な刃を少し小さくし、柄の先にショートソードほどの刃をつけ、より凶悪な武器『オルドガンド』へとバージョンアップされている。

見た目もそうだが、強度や切れ味など性能も大幅に強化されている。

『和道闘衣』も、上半身は和服のようだったデザインから一転。

ノースリーブなのは同じだが、全体に青色で、睡蓮《スイレン》の華と花びらをイメージした模様の描かれた白い生地が、体のラインにぴたりと張り付くようなデザインに変わり、腕には手首から肘にかけて群青《ぐんじょう》色の手甲が装備された。

下半身も、和服を短く切ったスカートに近いデザインから、前と後ろに黒地に金で花びらが描かれた膝丈の垂れがつくデザインへと変わり、脛の部分に腕と同じ色の脚甲が装備されている。

名を『流艶華装《りゅうえんかそう》』という。

「ねぇ、シン。念のため聞くけど、わざとじゃないわよね?」

「実際に作ったのは初めてだけど、『和道闘衣』の派生先だと、これが一番性能がいいんだよ。あと、見た目はもう少し控えめにできたんだぞ? 見た目が元のデザインのままなのはミルトの意見だからな」

ティエラの冷ややかな視線を受けて、シンはダイルオビオンに向けていた視線をミルトに移しながら言う。

露出多めの改造チャイナ服――ゲームではそんな言われ方をしていた『流艶華装』。

ミルトが装備しているからというのもあるだろうが、少々目のやり場に困るデザインなのも確かだ。

上半身を覆う布地は胸元が菱形《ひしがた》に大きく切り取られ、深い胸の谷間が露わになっていた。

下半身もよく見れば前垂れ後垂れは外付けであり、足を隠す機能などはなから捨てているのがわかる。手甲と脚甲、そして前後の垂れを外せば、胸元の開いたセクシーな水着と同じである。

「かっこいいでしょ!」

太ももの露出具合に頬を染めるティエラとは対照的に、ミルトは満面の笑みである。

足と胸元を除けば、全体的に中華風な『流艶華装』は、上半身の白い布地に青色の模様という軽やかなデザインと、下半身の黒地に金色の模様という重厚感のあるデザインがうまくまとまっており、人気装備だったのだ。

無論、性能は『和道闘衣』とは比べ物にならない。

STRとAGIに高いボーナスがつくため、ミルトの戦い方のひとつである高速移動からの強力な一撃というスタイルにもあっている。

武器、防具ともに等級は古代級《エンシェント》下位。

ただ、シンの知るミルトのステータスでは古代級《エンシェント》を扱うには数値不足だったので、強化開始前はそこが懸念材料だった。強化しすぎて、扱えなくなっては元も子もない。

しかし、ミルトいわく、教会の奉仕活動の一環でモンスターと戦ううちに、ステータスが上昇していたというのだ。

実際、ステータス画面に表示される数値は多いもので200超え、少ないものでも100は上昇している。

ここまで来ると、『ブレオガンド』『和道闘衣』ともにより強化するか、より強い装備に変更する必要がある。

ただ、現状では神話級《ミソロジー》や伝説級《レジェンド》の装備など手に入らず、かといって強化できる者もいないので手のうちようがなかった。

そこに現れたのがシンという訳である。強化案を考えているときのミルトはかなり興奮していた。

「恥ずかしくないの？」

「じろじろ見られるのはもう慣れっこだよ。せっかくシンさんに強化してもらえるんだから、一番良いやつじゃないとね」

遠慮するなんてもったいない。そう言いつつ、ミルトは谷間を強調してみせる。

「どうどう？　ここだけはシュニーさんにも負けない自身があるよ？」

「からかうな」

ニヤニヤと笑うミルトに、シンは無言でチョップを食らわせた。胸元のデザインをそのままにしたのはこのためだったらしい。

「まったく、モンスターの近くでもその調子。お前はぜんぜん変わらないな」

「僕なりの緊張のほぐし方ってやつだよ。ボスに挑むときもこんな感じだったよね」

ミルトの言葉に、シンはゲーム時代のことを思い出す。

確かに緊張しているプレイヤーをからかっていた。緊張感がないと言われることもあったが、表に出ないだけでミルトも緊張していたらしい。

「ふっふっふ、どう？　ティエラちゃんも少しは緊張がほぐれたんじゃない？」

「ふふ、そうね。少し気が楽になったかもしれないわ。今度から、私もシンをからかってみようかしら？」

「それは勘弁してくれ……」

苦笑しながら言うティエラに、シンは顔をしかめた。ティエラにまでミルトのようなノリでこられては、シュニーたちに何を言われるかわかったものではない。

「で、そろそろ始めるか？」

「うん。ライナも後続と合流したみたいだし、始めようか。大丈夫だと思うけど、もし想定外のことがあったらフォローよろしく」

シンが真面目に問うと、ミルトも『オルドガンド』を具現化しながら真面目に答えた。少し前までの軽い雰囲気が嘘のように、鋭い視線をダイルオビオンに向けている。

装備を含めれば、戦闘力はミルトとティエラのコンビのほうが高いだろう。

ミルトとシンが心配しているのは、ここにいないヴォルフリートが参戦してくることだ。

確認されている中で、ヴォルフリートだけは格が違う。装備を強化し、ステータスの上昇したミルトたちでも危険なほどに。

ライナたちを襲われても困るので、教会戦団にはユズハとカゲロウについていてもらっている。

「なら、まずは私ね」

ティエラが立ち上がり、装備を具現化する。一瞬で姿の変わったティエラがまとうのは、煌《きら》びやかな鎧と弓。

これもシンによってバージョンアップ済みで、頭に装備する銀色のサークレット、胸元を覆う鎧と腕を守る籠手には澄んだ緑色の宝石が装着され、より防御力に磨きがかかっている。

腹や肩回りが出ているのに防御力が上がるのは、ファンタジーの装備ならではの現象だろう。

これは下半身の、スカートと鎧が一体化したタイプの鎧と膝まであるブーツも同じだ。スカートの丈が短く、ブーツとの境目に見える太ももが絶対領域に似た効果を演出していた。

ティエラが左手に持つ『燐輝の翠弓』は、ヒヒイロカネを混ぜ合わせてキメラダイト製の『皇輝《こうき》の翠弓』に生まれ変わった。

風や翼をイメージさせる装飾まで施された手の込んだ一品だったが、さらに煌びやかに、それでいて扱いやすくなっている。

そして、背中側で青く輝く4枚の縦に長い半透明の菱形の盾も、装備の強化を受けて能力を上げていた。

魔力による障壁を展開して防御できる範囲が広くなり、状況によってはティエラの意志で風術による支援攻撃も可能になっている。

ゲーム時は自動攻撃だったが、こちらでは操作可能だった。

さすがに特殊すぎて、まだティエラは盾として扱うのが精いっぱいのようだが、攻撃にも使えるようになれば、1人で数人分の攻撃ができるようになるだろう。

「ティエラちゃんが撃ったら僕も出るよ。タイミングは任せた」

「了解よ」

うなずいたティエラが弓を引き絞った。

番《つが》えられた矢が薄い緑色の光を帯びる。弓を構えた姿勢には無駄な力が入っておらず、集中しているのがわかった。

ティエラの様子を見て、ミルトはいつでも飛び出せるように『オルドガンド』を構えて姿勢を低くし、シンは援護用の魔術を起動して待機状態にさせた。

すっと、ティエラの右手が音もなく伸びる。その動きで、矢が放たれたのがわかった。空に一筋の燐光を残し、瞬く間に標的との距離を詰める。

狙われたファルシャクスは、矢が当たる直前で体勢を崩した。

悠々と飛んでいたのが嘘のように、右の翼の根元を撃ち抜かれる。片翼が千切れて落ちていくが、翼が2対あるのは伊達《だて》ではないようで、本体は高度こそ落としたが墜落はしない。

鋭い視線は、すでにティエラを捉えている。体勢を崩したのは、狙われていた頭をかばって体をひねったからだ。

しかし、ファルシャクスが体勢を整えて急降下をかけるより前に、ティエラの第2射が迫る。

空を翔《かけ》る燐光は3筋。

1射目が弓道やアーチェリーのような弓を縦に構えて射るやり方だったのに対し、今度は弓を水平にし、矢を3本番えて放った。

襲い掛かる3本の矢に対し、ファルシャクスはひらりと宙を舞った。

ファルシャクスは巨体だが、空における機動力は高い。

いかに速いとはいえ、矢による攻撃はファルシャクスにとって点でしかなく、上下左右と地面よりも自由に動ける空ではよけるのは難しくない。

初撃がクリーンヒットしたのは、ファルシャクスが攻撃に気づくのが遅れたからに過ぎない。

「私だって、成長してるんだから！」

叫びながら放つ第3射。放たれた矢は1本。第2射よりもかわしやすいように見えるそれは、しかしファルシャクスより距離があるうちに爆散した。

いや、爆散したように見えた、だろう。爆《は》ぜたように見えたのは、細かく分裂した矢が広がったからだ。

弓術系武芸スキル【スプリット・アロー】。

1本の矢を複数の矢に分裂させるスキルで、1発あたりのダメージは少なくなるが相手の手前で一気に広がるため、かわされにくい。

ゲームでは、主に飛んでいる相手の妨害に使われていたスキルだ。

今回も目的は同じで、突然目の前に広がった矢の群れを見てファルシャクスの飛行が乱れる。

急制動をかけて矢の当たる範囲を少しでも少なくしようとするファルシャクス。大きく進路の逸れたその頭上から、3本の矢が飛来した。

「ｙｙｙッ!?」

甲高い悲鳴を上げて、ファルシャクスが落ちる。

3本の矢は、正確に残りの翼にダメージを与えていた。千切れるとまではいかないが、飛行できなくなるくらいにはダメージが入ったようだ。

飛来した3本の矢は第2射で放たれたものだ。ファルシャクスにかわされた矢は、大きく弧を描いて標的を追尾していた。

第2射に使われたスキルは弓術系武芸スキル【ハウンド・アロー】。

放たれた矢は、10秒間標的を追尾する効果を得る。

そして、『皇輝の翠弓』は射程距離や命中率に高い補正がかかる武器だ。

『弓姫』シリーズは、一部の例外を除いて遠距離攻撃しかできないので、武器もそれに合わせて補正を強化されている。

武器の補正を受けて、【ハウンド・アロー】は本来の能力以上の威力と追尾性能を発揮していた。

「でるよ！」

落ちてくるファルシャクスに向けて、ミルトが走る。両手で持った『オルドガンド』から発せられる青いエフェクトが、大地に青いラインを引いた。

ファルシャクスは速度を落とすのが精一杯のようで、ミルトに向かって攻撃を仕掛けてくる様子はない。

そのまま落ちるだけでも大ダメージを受けるだろうが、ミルトはそのままとどめを刺しに行った。

ファルシャクスは飛行時よりも、地上でのほうが攻撃範囲や種類が増えるからだ。

巨体を支えるために魔術を使っているので、飛行時の攻撃手段はもっとも威力のある急降下や低威力の風魔術がほとんど、という設定はこちらでも生きている。

地上に降りると補助に魔術を使う必要がなくなるので、広範囲の風術をところ構わず撃ってくるようになるのだ。

「ごめんね！」

勢いそのままに、ミルトが跳ぶ。

疾走からの軽やかな跳躍。しかし、その手で輝くのは凶悪な威力を秘めたハルバード。腰だめに構えられたオルドガンドが振り切られた時には、ファルシャクスの首は断ち切られていた。

斧術炎術複合スキル【スパニッシュ】。

青いエフェクトは高温の炎。あまりの高温と叩きつけた『オルドガンド』の威力に、分かたれたファルシャクスの首と胴が燃え上がる。

跳び上がったミルトが着地するよりも早くファルシャクスの体は燃え尽き、地に落ちる前に灰となって風にさらわれていった。

「あはは……想像以上だ」

羽を広げれば6メルはある巨体。それが数秒で灰になる。その火力と首を断ったときに感じた手ごたえに、ミルトは身震いした。

シンから武器の説明は受けている。実際に武器を使って訓練もした。

それでも、威力は思っていた以上だった。

「次、いきます！」

「オッケー！」

ティエラの声に、ミルトは視線をダイルオビオンに移す。

ファルシャクスが倒されたのには気づいていないのか、戦闘が始まる前と居場所がほとんど変わっていなかった。

『オルドガンド』を構えなおし、ミルトは走る。その頭上を、ティエラの放った【スプリット・アロー】が飛んでいく。

しかし、ダイルオビオンの頭上まであと少しというところで、【スプリット・アロー】に白い何かが直撃する。それが通り過ぎた後には、何も残っていなかった。

スキルの本領である、矢の拡散が起こる前の【スプリット・アロー】でも、通常の矢よりははるかに威力がある。

それを矢ごとかき消したのは、ダイルオビオンの捕食口から放たれた溶解液だ。

「話には聞いてたけど、下手な魔術攻撃より厄介じゃない！」

飛んでくる矢。それもスキルをまとった矢を正確に撃ち抜いたのを見れば、正確さと威力を兼ね備えているのは明白だ。

「ミルトちゃん、盾持ってないけど大丈夫なの？」

追加の矢を放ってミルトが狙われないようにしながら、ティエラはシンに確認する。

ティエラが放っている矢も、等級でいえば伝説級《レジェンド》。それを一瞬で溶かすような溶解液が、閃光と見間違うような速度で飛んでくるのだ。心配になるのは当然だった。

「大丈夫だ。『流艶華装』はダイルオビオンの溶解液を浴びてもすぐには溶けないし、装備が致命的なダメージを受けないかぎり、装備しているやつの肌が露出している部分も守られる」

これは神話級《ミソロジー》以上の装備に見られる特徴のひとつだ。

特徴といっても、装備によって防御力や防御範囲は様々。プレイヤーの中には、あえてつけない者もいたので必ずついている能力というわけではない。

しかし、多くがその能力を保有しているのも事実だ。

ちなみにシンの作る武具では標準装備である。フィルマの『虚漆の鎧』などまさにそれだ。全身の半分以上が露出しているのに、頑丈なのが鎧部分だけでは意味がない。

「それに、本当にやばいときは俺も手を出すさ」

ミルトとティエラで、ファルシャクスとダイルオビオンを相手にする。

2人が言い出したことではあるが、安全や確実性を考慮するなら、シンも出たほうがいい。

そうしないのは、ミルトがシンにヴォルフリートを警戒していてほしいと頼んだからだ。

ヴォルフリートは神獣。通常のモンスターとは多くの面で違いがある。教会戦団に向かわれれば全滅する可能性もあった。

ユズハやカゲロウもいるのでそう簡単にやられることはないが、もしものときはシンが止めに入れるように待機しているのだ。

「そこは信じてきゃっ⁉」

最後まで言う前に、ティエラの背中側に浮かんでいた盾が移動する。次の瞬間にはパシッと液体がはじける音が響いた。

「盾がなかったらと思うと、ぞっとするわね」

「自動で動いてくれるけど、過信はしないようにな」

反応できなかったのをごまかすように、ティエラが追加の矢を番えながら言う。

ほんの一瞬、シンに視線を向けた瞬間を狙われたのだ。それまではミルトに向かって溶解液を発射していたのも、反応が遅れた原因だろう。

捕食口を見ていればどこを狙っているかわかるが、溶解液の速度が恐ろしく速いので油断して溶かされるプレイヤーも多かった。

「同じ手は食わないんだから！」

矢を射終わったタイミングで飛んできた溶解液を、ティエラは回避する。今度は捕食口の動きをよく見ていたので、余裕があった。

「僕を忘れてもらっちゃ困るよ」

溶解液の弾幕を抜けたミルトが、ダイルオビオンに肉薄する。

迎撃するように、巨大な2本の鋏がミルトに迫った。

ダイルオビオン自体が巨大なため、鋏そのものがミルトよりも大きい。平面を利用して叩き付けをすれば、人などまとめて数人押し潰せるだろう。

ミルトは右の鋏に向けて『オルドガンド』を振りかぶる。

彼我の大きさ、その差を考えれば無謀極まる蛮行だが、ミルトは臆しない。

その手にあるのはかつての相棒『ブレオガンド』ではなく、シンの手によって強化された『オルドガンド』なのだから。

「不甲斐ないところなんて、見せられないんだ！」

全力をこめた、渾身の一撃。

上昇したステータスと、装備の補正。それらをひとつにして、ダイルオビオンの鋏へと叩き付けた。

ギザギザとした見るだけで痛みを連想させるダイルオビオンの鋏の刃と、『オルドガンド』の凶器でありながら美術品のような滑らかな刃が激突する。

勝敗は、『オルドガンド』に軍配が上がった。

『オルドガンド』の刃がバキバキと音を立てながら鋏を裂いていく。

スパッと真っ二つとはいかなかったが、ミルトが力をこめて刃を前に進めれば、それだけ鋏に食い込んでいった。

しかし、『オルドガンド』が右の鋏を断ち切るより先に、左の鋏がミルトを両断しようと迫る。

「わかってるよ！」

ミルトの踏みしめていた地面が割れる。鋏とかみ合っていた『オルドガンド』の刃を基点に、ミルトの体が宙に舞った。

柄を持ったまま跳んだので、『オルドガンド』も手放していない。

『オルドガンド』が食い込んでいた右の鋏は挟み込む刃のうち、外側にあるほうが7割ほど裂けている。あと一撃叩き込めば、間違いなく折れるだろう。

左右からの鋏の一撃を回避したミルトだが、ダイルオビオンの攻撃はまだ終わっていない。捕食口が空中のミルトに狙いをつけ、溶解液を放ったのだ。

「おっと！」

空中で多段ジャンプを可能にするスキル【飛影】を使い、ミルトは溶解液の有効範囲から離脱した。

近接戦を主体とするプレイヤーにとって、空中での立体機動を可能にする【飛影】は必須といっていいスキル。ミルトもその扱いには習熟している。

危なげなく着地したのは、ダイルオビオンの背中。鋏では追撃のしにくい場所。死角とまでは言えずとも、攻撃を受けるのもかわすのもやりやすい。

「ってウソ！」

尾を付け根から切り飛ばそうと『オルドガンド』を構えたミルトが、その場を飛び退く。誰もいない甲殻の上に降り注いだのは、捕食口から発射された溶解液だ。

ミルトが慌てたのは、ゲーム中は自分に溶解液をかけるような行動をダイルオビオンが行わなかったから。

ダイルオビオンが自身の体内で生成して発射している溶解液だが、自分でかぶっても平気というわけではない。

溶解液は、ダイルオビオンの甲殻も溶かすのだ。例外は捕食口の内部と発射および生成する器官くらいだろう。

「なるほど、知能が低いとこうなるんだ……」

背中にたっぷりと溶解液を浴びたダイルオビオンは、全身をがくがくと震わせながらミルトに向き直ろうとしていた。

しかし、溶解液の消化能力とその噴射速度、威力から、胴体の中心に穴が空き、そうでない場所もところどころ溶けている。いくら昆虫型モンスターが死ににくいといっても、まともに戦うのは難しいだろう。

せめてもの情けと、ミルトはファルシャクスにとどめを刺したスキル【スパニッシュ】で、ダイルオビオンを両断する。

溶解液で溶けていることもあって、胴体はほぼ真っ二つになった。ここまでくると、もう動かない。

「うーん、なんかもやっとする」

「まあ、そう言うなって」

こんなこともあるさと、シンはミルトをなだめる。念のために用意していた魔術スキルを使う必要がなかったのは良いことである。

溶解液による自爆がなくとも、ミルトの能力と装備を鑑《かんが》みれば負けることはなかっただろう。

ただ、真っ向勝負でダイルオビオンを倒したかったミルトには、不満の残る戦いだったようだ。

「ミルトとティエラ殿だけで、あの2体を倒してしまうとは」

戦闘が終わったので合図を送り、ライナたちと合流して移動を始めたシンたち。

どんな戦いがあったのか知りたがったライナに、ミルトが前半は意気揚々と、後半は少し不満げに語った。

ダイルオビオンが倒しただろうモンスターの死骸は、ライナたちがやってくる前にシンが回収している。

その際、ダイルオビオンの一部はユズハとカゲロウのおやつとして提供された。こちらは出番そのものがなかったので、ミルト以上に不完全燃焼なのだ。

「勝った理由の半分が自爆っていうのはちょっと不満だけど、やっぱりいい装備があると違うね。武器の心配しなくていいし」

「いい装備という言葉だけで片付けていいものなのか？　歴史的な遺物なのでは？」

こちらの世界の住人であるライナからすれば、神話級《ミソロジー》や伝説級《レジェンド》の装備はもはや、伝説や御伽噺の領域。

装備の変わったミルトに尋ね、その詳細を聞いたライナが深刻な顔で『オルドガンド』を見つめるのも仕方のないことだった。

時折、ミルトの露わになっている胸元や太股に視線がいってるのは、男なら仕方がないことだ。ミルトは気づいてるだろうけど、と思いながらもシンは指摘しない。

「武器としてはなかなかの品ですが、歴史的な価値はないですね」

代わりに、ライナのつぶやきに応えた。貸与という形にしているが、『オルドガンド』は『ブレオガンド』の強化派生のひとつであり、元に戻すのは不可能。

使用者制限も設定してあるので、完全にミルトのものである。

数日前にシンが手掛けたばかりなので、歴史の「れ」の字もない。

「いつかこのような武器を扱ってみたいものだ。今の私では、持ち上げることも難しい」

「使い手を選ぶみたいですからね」

武器の要求ステータスに対して、プレイヤーのそれが足りないことによって起こるペナルティ。

装備とプレイヤーのステータス次第では、ペナルティがあってもプラスになるということがないわけではない。

しかし、当然だがゲーム時代はステータスが下がり、原因の装備をつけたままのほうが弱くなってしまうことが多かった。ただ、今の世界ではそもそも装備することが難しいようだ。

シンはそういった場面に出くわすことがほとんどなかった。

実際に持ち上げようとして、それでも柄を少し浮かせるのが精一杯のライナの様子を見て、シンは上位の装備を見かけないのはこれも理由なのかもしれないと思った。

「希少級《レア》以上の武具って、あまり出回ってないのか？」

「僕の経験だと、希少級《レア》はある程度出回ってるよ。高ランクの冒険者になれば、特殊級《ユニーク》くらいまでは持っててもおかしくない装備だね。でも、これが伝説級《レジェンド》になると一気に減るよ。国によっては国宝扱いだし、買うにしたっていくらかかるんだって話。僕の『ブレオガンド』と『和道闘衣』も、結構な数の国や冒険者やらから言い値を出すから譲ってくれって話がきたよ。よっぽどお金に困ってるとか、引退するとかじゃなきゃ、手放す人はいないからね」

こちらの世界の一般人なら、ペナルティを加味しても伝説級《レジェンド》の武器を持てば元の能力より高くなる。

金に物を言わせて装備を集めるやつもいるのではないか、と考えたシンだったが、そううまくはいかないようだ。大きな国でも、精鋭部隊全員に伝説級《レジェンド》の武具を装備させるようなことは難しいとミルトは言った。

「東方の島国には伝説級《レジェンド》の武具を作ることができる職人がいると聞くが、そんな人物がいたらどの国も必死に引き抜こうとするだろう。狙って作れるものではないと、我らの装備を調整している鍛冶師が言っていたな。ただ、装備を見れば、それができる者を囲っているのだろうと予想できる国はいくつかあるが」

「なるほど」

ヒノモトの鍛冶師、金塚荒貴のことは話さないほうがよさそうだとシンは思った。

『たぶん、キルモントにもいると思うよ。プレイヤーかどうかはわからないけど、将軍クラスの装備は上から下まで伝説級《レジェンド》以上って話だし、精鋭部隊にもかなりの数の伝説級《レジェンド》の装備が配備されてるって聞いたことがある。案外、シュバイドさんなら知ってるかもね』

『知ってても聞くなよ？　ま、いないってことはないだろうって思ってたけど、育てるとなるとやっぱり難しいだろうな』

内容が内容だからか、心話で話しかけてきたミルトにシンは空を見上げながら返す。

ある程度のレベルまでならば、鍛冶スキルの育成は可能だろう。多少貴重な金属を必要とするくらいなら、資金があるか資源が豊富な地域ならどうにかなる。

しかし、あるレベル以上、具体的にはレベルⅦ以上に育てるのは困難といわざるを得ない。

かつてファルニッドでオリハルコンのインゴットを取り出した際に、非常に高い値段がつくだろうという情報を得ている。

おそらく、アダマンタイトやミスリルといった貴重金属も同じようなものだろう。

レベルⅦ以上のスキル育成には、その貴重な金属や希少な素材を使い潰さなければならない。

モンスターのドロップや採取など、実質無限に資源があったゲーム時代ならばともかく、この世界でそれをすることはほぼ不可能。

それは同時に、古代級《エンシェント》の武具を作れるのは最初からその技能を持ってこの世界に来たプレイヤーか、生まれながらにスキルを身に付けた選定者に限られるということを意味する。

『でも、この世界にも天才ってやつはいる。古代級《エンシェント》は無理でも、自力で神話級《ミソロジー》くらいは打てるやつは出てくるかもしれないぞ』

実際、ヒノモトの金塚荒樹《かねづかあらき》は、ゲーム時代なら能力面から明らかに不可能なはずの、伝説級《レジェンド》の武器の製作に成功している。絶対にないとは言い切れなかった。

『今は武器が不足してるからね。全力で戦えないって人もいるから、もう少し武器を作れる人が増えてくれるといいんだけど』

ミルトによると、プレイヤーも選定者も戦闘職が多い傾向にあるという。

生産職はどうしても数が少なく、国に保護されるのは鍛冶師に限られた話ではないようだ。

回復薬や一時的にステータスを上げるアイテムなど、戦いで必要なものは武具だけではない。シンも、最初のうちはアイテムのやりくりに苦労した。

「先に進まないの？」

「ああ、そうだな。さっさといくか」

シンとミルトの会話は聞こえていないはずだが、視線や雰囲気で察したらしい。ティエラに促され、シンたちは第9砦へと向かった。

第9砦で、さらに大型モンスターや高レベルモンスターの情報を仕入れる。

本当に緊急なら連絡が来るらしいので、今のところ大丈夫なのだろう。

そんなことを考えていたシンたちだったが、それは第9砦へと先行していた騎兵が戻ってきたところで間違いだと気づかされた。

「それは、本当なのか？」

騎兵から報告を受けたライナも、信じられないと再度確認している。

「間違いありません。第9砦はすでに陥落、いえ、あれはもう、消滅したと言うべきかもしれません」

この目で見てきたという騎兵も、顔色が悪かった。

氾濫の援軍として派遣されるだけあって、連絡役の兵士もレベルは高く、経験も豊富な者が多い。

そんな兵士でさえ、動揺を隠せていなかった。

ある程度進んでから、ライナは兵士たちに野営の準備を始めさせる。

今日のうちに着く予定だったが、氾濫時は行軍が予定通りにいかないことは珍しいことではない。

事情を知らされていない兵士たちは、素直に野営の準備に取り掛かっていた。

その間に、シンたちが第9砦の様子を見に行く。

報告の内容から、姿を見せなかったヴォルフリートがいる可能性があったので、向かうのはシンとユズハの現パーティの最大戦力ペアだ。

「これは……」

向かった先には、砦と言えるものはほとんど何もなかった。

モンスターの襲撃を受けて陥落したとしても、普通は崩れずに残った城壁や建物、人やモンスターの死体などが残るもの。

しかし、ここは違う。

わずかに残った突起物が、おそらく城壁の名残。それ以外は何もない。

建物も生き物の死体も、戦闘の痕跡もすべて、溶け固まった溶岩の中に消えたのだろう。いまだに湯気が立っている場所もある。

「ヴォルフリートだと思うか？」

「地面が溶けてる。こうなるモンスター、あんまりいない」

あらゆるものを溶かす灼熱地獄。それが、ヴォルフリートの領域だ。

ヴォルフリートを中心として形成されるそれは、ただ歩くだけで森を焼き払い、湖を蒸発させる。

ゲームの設定では、本来の棲み処はマグマの流れる火山地帯だ。

第9砦の様子は、ゲーム時代にヴォルフリートの撃退に失敗した際の拠点やホームタウンの姿とよく似ていた。

「くぅ！　生き物の気配する！」

ユズハの指摘で、シンも気配に気づいた。砦から離れた場所にある林の中に、結構な数の反応が密集している。

もし生き残りなら、何があったのかわかるかもしれない。シンとユズハは反応の方向に向かって駆け出した。

†

シンとユズハが向かった先にいたのは、砦に常駐していた兵士たち。

ユズハに乗ったシンが自分たちは第9砦に向かっている援軍の先遣隊だと言うと、安堵するように武器を下ろす。最初に近づいたときは、かなり緊張している様子だった。

「では、ヴォルフリート……ええと、赤い炎をまとった狼のようなモンスターに襲われたわけではないと？」

兵士たちの中に、中隊長と呼ばれるいくつかの部隊を束ねる立場にある人物がいたので、シンは早速事情を聞いた。

一応、身分証明のために氾濫鎮圧に参加する冒険者に渡される証明書を見せてある。

シンやシュバイドのような特別なメンバーの証明書には、竜王の署名が入っている。

皇国において最高クラスの身分証明書であり、中隊長も疑うことなくシンに話をしてくれた。

「そうだ。まず最初に、大型の百足《ムカデ》みたいなモンスターと蜂に似たモンスターの襲撃を受けた。蜂は飛べるからな。城壁なんて乗り越えて入ってきた。そっちの対処をしている内に、今度はムカデのやつに城壁を崩されてモンスターがなだれ込んできたんだ。蜂はまだ戦えたが、百足はどうしようもなかった。武器はほとんど弾かれ、魔術もきいているようには見えなかったな」

救援要請は出していると思うが、たとえそれが届いても間に合う状況ではなかったと中隊長は語った。

モンスターの攻勢はとどまることを知らず、このままでは全滅もありうると判断した砦の責任者は兵士たちに撤退命令をだし、自身は最後まで残ったという。

砦には、モンスターに陥落させられそうになったら使用する、特殊な障壁を展開できる装置がついていると、事前にミルトから聞いている。

これはモンスターは中に入れるが出られず、逆に人は入ってこられないが外には出られるという便利なもので、いざというときはこれを使って可能なかぎり、兵士を逃がす。

ただ、装置の起動スイッチは砦の中心部にしかなく、スイッチを入れる者はほぼ逃げられないらしい。今回も、砦の指揮官が自らの命と引き換えに兵士を逃がした。

問題はそのあとだ。

「障壁といっても、ずっとモンスターの攻撃に耐えられるわけじゃない。それにある程度は閉じ込められても、変な壁があるとわかるくらいには知能のあるやつもいて、壁の中に入らずに逃げた兵士を追ってくることはよくある。今回もそうだ。撤退する兵士に百足が3匹追いすがってきた。蜂は多すぎて数える気にもならなかったな」

蜂のほうは、アーツ版の炎術スキルでも2、3発撃ち込めば落とせる程度の強さだったが、数が多く、百足はレベルが高くて攻撃がきいていなかったらしい。

砦に取り付けられていたバリスタならある程度ダメージを与えられたようだが、砦から逃げる兵士にバリスタの用意ができるわけもない。

「死を覚悟したが、そのときに現れたのが青い炎をまとったモンスターだ。狼には似ていたが、君の話に出てきた赤い炎はまとっていなかったな」

砦の中央あたりにいきなり降ってきたという。中隊長は自身に迫る百足の対処で手一杯だったので、どうやって砦の中央に現れたのかはわからないようだ。

そこからは一方的で、咆哮とともに押し寄せた熱波でまず蜂が焼け落ち、ついで百足も燃え出した。

当然だが、兵士にも犠牲は出ている。砦からある程度離れていれば盾を使うなりモンスターを遮《しゃ》蔽物《へいぶつ》にするなりして熱波を回避できた。

しかし、逃げ遅れた者や十分距離をとれていなかった者は一瞬で灰になるか、火達磨《だるま》になったという。

「砦の壁も地面もどろどろに溶けてるんだが、その中を悠々と進んで来るのだ。あれはもう天災というしかない。まあ、今回はそのおかげで命拾いしたのだが」

熱波による犠牲はでているが、助かった人数や倒されたモンスターのことを考えると来てくれて助かったともいえる。中隊長もあのままモンスターに襲われ続けていればどうなっていたか理解しているので、難しい顔でうなっていた。

モンスターはしばらく砦の敷地内を歩いていたが、突然ゆらりと姿がぶれ、宙に溶けるように消えてしまったらしい。

兵士の多くはもっとも近い第8砦に向かわせ、中隊長とその部下たちは、向かってきているかもしれない救援部隊に事情を説明するため残っていたようだ。

もう少しして誰も来なかったら、自分たちも第8砦に向かう予定だったと話した。

「教会戦団のほうには俺たちが知らせておく。情報提供に感謝する」

兵士たちと別れ、シンとユズハはモンスターの手がかりが残っていないか調べるために第9砦跡に向かった。中隊長から得た情報は、ミルトを通じてライナたちにも連絡済みだ。

「確かに、これは消滅としかいえないか」

何も知らない者が見れば、ここに砦があったとは思わないだろう。

近づいて固まった溶岩を調べる。すると、冷えて固まったそれがわずかに魔力を帯びているのがわかった。

「青い炎をまとった狼に似たモンスター。それもスキルで強化された砦の外壁が溶けるような熱量を持ってる、か。もしかして『加護持ち』か？」

モンスターの残す痕跡には、影響を与えたモンスターの魔力が残ることがある。

まだ本体を見たわけではないのでシンにも確証はない。だが、該当するものに心当たりがあるのも事実だった。

モンスターの中には『加護持ち』と言われる、神から力を分け与えられたとされる個体が出現することがある。

詳細な条件は不明だが、プレイヤーの考察では神と相性がいいことと、一定以上のレベルであることが条件だと言われていた。

ヴォルフリートならば、条件はそろっている。実際に、『加護持ち』の個体をゲーム内で見たこともある。

まだシンはこの世界で神に出会ったことはない。だが、これまでの経験からいるだろうという確信があった。

不完全だったとはいえ、リフォルジーラという正真正銘の怪物まで存在したのだ。今更神がいることに疑いはない。

「でも、炎赤かったって偵察の人言ってた」

「そうだな。こっちの人は青って言ってたけど、偵察を仕事にしてるやつが見間違えたとは思えない」

『加護持ち』とそうでない個体の炎の色は、見間違えることはまずない。

可能性としては、発見された個体と砦に現れた個体が別である。または、発見された後に『加護持ち』になったといったところか。

実はヴォルフリートではなかった、という可能性もあるのが判断を難しくしている。

「一応、皆に連絡しておくか」

心話でシュニーたちに得られた情報を伝える。ヴォルフリートについては、まだ実際に見たわけではないのであくまで可能性のひとつとしておいた。

「まさか、第9砦が」

教会戦団と合流し、ライナたちにも第9砦の状態を伝えた。話を聞いたライナは、表情を強張らせている。

「シン殿は、他の砦も襲われていると思うか？」

「今のところ、他のメンバーからそういった情報は来ていない。もし襲撃を受けていれば、軍からも連絡があると思うけど」

「しかし、第9砦陥落の知らせはこちらに来ていない。もしかすると、緊急連絡が届いていないのかもしれないな。その兵士が第8砦に着いたならそこから連絡がいくだろうが、こちらからも連絡をしておこう。話を聞くかぎり、氾濫のモンスターがいなくとも後から来たという一体だけで砦が落ちていたのは間違いない」

ライナの言うとおり、ヴォルフリートなら加護があろうがなかろうが、ただ歩いていくだけで砦は落ちる。そのくらいの力がある。

砦もスキルによって強化されているようだが、実際に溶けているのを見れば耐えられるほどの強度がないのは間違いない。

「なんで砦を襲ったんだろうね。というか、砦を襲ったのかな?」

「どういう意味……ああ、そうか」

最初はミルトが何を言っているのかわからなかったシンだったが、少し考えて言葉の意味を理解した。

「ええと、どういうこと?」

「兵士たちから聞いた話だと、最初はモンスターの大群が襲ってきたって言っていた。その時点で、砦の放棄を決定するほどの数のモンスターにな。で、兵士を逃がしてるときにヴォルフリートが来た。モンスターの大群をまとめて吹き飛ばすような攻撃をしたにもかかわらず、兵士を直接狙うことはしていない。つまり、ヴォルフリートの目的は砦じゃなくてモンスターの群れだったんじゃないかってことだ」

青い炎をまとっていたモンスターはヴォルフリートだったと仮定して、シンは話す。

モンスターが都合よくかたまっていたので、ヴォルフリートはやってきたのではないか、と首をひねっていたティエラに言った。

シンの推論に、ライナはうなずく。

「なるほど、確かにそれならば、残っていた兵士が襲われなかったことも納得できる」

砦の近くには、集団で逃げていた兵士が多くいた。ヴォルフリートの目的が砦の破壊なら、そこにいた兵士もまとめて焼いていてもおかしくない。

ヴォルフリートからすれば、選定者でもない兵士など走り抜けるだけで消える木っ端だ。ステータス的にも、数分とかからないだろう。

あえて見逃したという可能性もあるが、ヴォルフリートの目的の話もまた可能性の話。多少それらしい根拠があっても、結局は推論だ。

「しかし、今回の氾濫はいったいどうなっているのか。あまりにも規模が大きすぎる」

反乱がよく起こるキルモントといえども、モンスターの出現頻度と数が多すぎるとライナは言う。

シンもバルメルで、大氾濫と呼ばれる現象を体験した。話を聞くかぎり、すでに一般に知られる大氾濫の規模も超えているように思える。

不安を抱えたまま、教会戦団は第8砦に到着した。さっそく、ライナたちとともに第8砦の責任者と会うことになった。

「近衛の旗があった。第2師団も逗留しているようだな」

「そうなのか？」

「あの旗がそうだ。横向きの竜が2匹、竜の数でどの師団かを表している」

ライナの指差した先には、牙を剝《む》いた竜の顔が2つ描かれた旗が掲げられていた。国を代表する部隊の旗だけあって、竜の顔の造詣が細かくまた力強い印象を受ける。

すでに連絡がいっていたようで、シンたちはすぐに各部隊の責任者たちが集まっているという会議室に通された。

「遠路はるばるよく来てくれた。第8砦の指揮を執っている。レイグ・ファー・キルモントだ」

まずはライナが挨拶をし、続いてシンたちが自己紹介を終えると、赤黒い鱗のドラグニルが前に出てきて1人ずつ握手をした。

ザイクーンやシュバイドと同じ竜の顔だが、顎の下から生えている髭の白さから、年齢がかなり上なのではと思っていると、その考えを読み取ったようにレイグは話し出す。

「知らぬ者もいるようなので言っておくが、わしはザイクーンの父だ。だが、王族らしい特権などほとんどもっとらんから取り入ろうとしてもうまみはないぞ」

「レイグ殿。冗談はほどほどにしてくだされ。シン殿たちも驚いています」

諫《いさ》める役なのか、人に近いタイプのドラグニルの将校がやや疲れた表情でレイグに進言した。

「かっかっか。これを言って驚かせるのがわしの楽しみなんじゃ。老いぼれのすることよ。少しは見逃せ」

真面目な指揮官といった雰囲気から、一転して好々爺《こうこうや》の雰囲気へと変わる。

前線とまではいかないまでも、それに近い場所にいる王族が時点で、どうなんだと思ったが、レイグを見ていると、この人は後ろで大人しくしているタイプじゃないなとも思ってしまう。

「さて、会議室の空気も少しは柔らかくなっただろう。シン殿たちへの説明も兼ねて会議の続きといこう」

またしても雰囲気が一転。

レイグは武人のような迫力を身にまとう。口調も少し変わっていた。

シンたちが会議室に入った時はピリピリした雰囲気だったのが、今度のそれは緊張感はあっても焦りのようなものは感じられない。

ただ、全員がそうというわけではないようで、表情の硬い者は多かった。

「先に確認しておきたいのだが、シン殿たちは現在の氾濫の状況をどこまで把握しておる？」

「そうですね。王都を出てからの戦線の変化やモンスターの侵攻状況などは、随行している方のおかげで随時更新されています。ですが、皆さんの様子を見るとその話ではないようですね」

てっきりライナに話がいくと思っていたシンは少し驚いたが、そっちに聞いてくれと言うわけにはいかないので把握していることを話した。

「つい先ほど、緊急の連絡が入った。第9砦のこともな。王都でもいくらか混乱があったようだ。

砦そのものを溶かすようなモンスターが出たとなればわからんでもない。ただ、わしらとしてはともに知らされたもうひとつの情報のほうが気がかりなのだ」

「もうひとつ、ですか？」

第9砦のほうも、決して軽視しているわけではないと前置きして、レイグは続ける。

「新たにモンスターが出現したようだ。それも、かつてない大軍が」

氾濫では、一度に出現するモンスターの数はある程度決まっている。

また、キルモント方面に出現するモンスターは聖地から漏れる魔力が元だが、海を隔てているためバルメルのような地続きの氾濫よりも少ない傾向にある。

しかし、今回は違う。ただでさえモンスターの出現回数が異常な数だというのに、一度に現れる数もおかしくなったというのだ。

「土地を埋め尽くすようにとまではいかんが、今まで確認されたどの氾濫よりも、一度に出現する数が増加している。偵察班の話では10倍以上とのことだ。そしてそれは、今も続いているらしい」

モンスターの大軍を見慣れているはずの偵察班ですら、混乱するほどの光景だったらしいとレイグは言った。

「今もということは、この瞬間も増え続けていると？」

「止まったなら連絡が入る。そして、それはまだ来ておらん。いつ出現が終わるのかもわからん。朗報、と言っていいかわからんが、奴らあまりにも数が多すぎて互いに動きを阻害しているようでな。ほとんどこちらに進んでいないようだ」

「同士討ちをしてるとかはないんですか？　こちらに来るまでに高レベルモンスターを倒しましたが、その時は周りにいたと思われるモンスターを倒していたみたいですけど」

ダイルオビオンの周りに転がっていたモンスターの死体を思い出し、シンは言う。

「一部では、それも起こっているらしい。そのまま最後の一体まで倒れてくれれば助かるんだがのう」

「いやでも、それって最終的に大量の経験値を獲得した上位個体が生まれるのでは？」

ゲームをプレイする上でモンスターとはポップ、つまりフィールド上に出現した瞬間に、レベルやステータスが決まり、自身のスキルや手持ちのアイテムなどでバフをかけたりしなければ基本的に変化しない。

例外はクエストなどで、一定条件を満たさないとどんどん強くなっていく仕様のモンスターくらいだ。

しかし、こっちの世界ではモンスター同士の戦いなどよくあること。

そして、モンスター同士の戦いでも経験値を得て、レベルやステータスが上昇することも知られている。中には、上位個体に進化するものもいる。

「同士討ちをしていると聞いて、我らもそこは気になっている。だが、こちらから手を出すにはあまりにも数が違う。へたに刺激して一斉にこちらに来られれば、対処のしようもない。王都のほうでも、どう対処するか話し合われているが、よい策はまだ出ていないようだ」

発生地点が大陸の端であり、現在、モンスターの数がいったいどれほどになっているのか、想像もつかない。

仮にこちらに戦力があっても、移動するだけでも時間がかかる。

（大規模魔術でまとめて吹き飛ばすか？　シュニーやセティと協力すれば……いや、いくらなんでも無理か。広すぎる）

バルメルでも使用した【ブルー・ジャッジ】と同系統の大規模殲滅に特化したスキルならば、上位固体もまとめて撃破できる。

しかし、個人で放てる魔術で一部とはいえ大陸の一端をカバーするというのは無謀すぎた。

シュニーやシュバイドたちとて、移動ルート上の全てのモンスターを倒しているわけではない。

高レベルの個体や数の多い所に狙いを絞り、他は各部隊に任せている。

「わしらのほうでも策を考えているのだが、なかなかよい案が出なくてな。シン殿やライナ殿は依頼や任務で様々な土地へ行くだろう？　ここで戦い続けているわしらとは違った視点でこの戦局を見られるのではないかと思ったのだ。知恵を貸してくれまいか」

レイグだけでなく、他の将校たちも頭を下げた。それほどまでに、今回の事態に危機感を募らせているのだ。

出現が予想される上位個体には、本能的に下位固体を従えるタイプもいる。

今兵士たちが応戦できているのは、モンスターが群れといってもただ一緒くたにまとまって移動しているだけだからだ。

各地に仕掛けられた幻術にもはまりやすく、いざ戦闘になれば戦い方は個体ごとにばらばらで連携もなにもない。

しかし、上位個体に統率されれば戦い方も変化する。幻術の効きもどうなるかわからないのだ。レイグたちの焦りはシンにも理解できる。

「突っ込んで大暴れするのが一番得意なんですけどね……」

大量のモンスター相手に暴れたことはゲームでもこちらでもあるシンだが、今回はさすがに規模が違いすぎた。

今の体力とステータスなら本当にひたすら狩り続けることもおそらく可能だろう。シュニーたちも呼び戻せば、時間さえかければ倒しきれるかもしれない。

しかし、広大な土地に広がるモンスターが、都合よくシンたちにだけ向かってきてくれるわけもない。

キルモントが氾濫を退け続けられているのは、一度に出現するモンスターの数が他の氾濫に比べて少ないことや進むにつれてばらけること、アイテムで同士討ちさせたり行動を阻害したりと様々な要因が関与している。

シンたちがキルモントに着いた時点で、すでに限界が近かったのだ。

今回報告があったというモンスターの大軍が本格的に移動を始めれば、防衛線が崩壊する可能性が高い。

（ラシュガムを使うか？　いや、準備や攻撃範囲を考えるとどうだ？　ラスターはラシュガムの整備をしてくれてたけど、日常的に使う設備の点検や整備がメイン。動力は大丈夫だったから移動はできるとしても、武装がどうなってるかわからない）

対ギルド兵器が使えるならば、かなり広範囲の敵を殲滅できると思ったシン。

しかし、ラシュガムの移動速度はお世辞にも速いとは言えず、兵器が今どういう状況なのかもわからない。

ゲームだったころは、ちょくちょくシンがいじっていたのでいつでも使用可能だったのだが、500年以上整備されていない可能性も考えると、使用には不安が残る。すべての武装を点検している暇もない。

それでもないよりはましかと、シンは会議の後で、ラスターにメッセージを送ることを決めた。

「荒野に設置されたアイテムが、どれだけモンスターをひきつけてくれるかが今後の流れを決めそうだね」

「ああ、時間さえあれば倒しきれる。今足りないのはとにかく時間だ」

戦いは数であるとは誰の言葉だったか。実際にそれと直面すると、確かにそうだなとうなずかざるを得ない。突出した戦力は確かに強力だ。しかし、いくら強かろうと小数でを守りきれる範囲は高が知れている。

低レベルとはいえ、出現するモンスターは一般人からしたら数匹でも十分脅威《きょうい》。

それが何百何千といて、その中には高レベルの個体までいるとなれば、レイグたちがプライドを捨ててシンたちに頭を下げるのも仕方のないことだろう。

「時間か……方法がないわけではないのだがな」

「何か問題があると？」

決定的に足りない時間を補う方法がある。そう口にするレイグだが、どうにも歯切れが悪い。シンが問うと、レイグはうなずいて説明を始めた。

「モンスターの元になる聖地は海に隔てられ、土地のほうも近くに都市や領地があるわけではない。そこでしか採れない素材があるわけでもない。ゆえに、ある者がこう考えた。モンスターの出現地点周辺を壁で囲み、隔離してしまってはどうかと」

元ネタは漫画か小説かなとシンは思った。

危険地帯を堅牢な壁で区切って生存域を確保している、なんて内容の作品にはそれなりの数の心当たりがある。その考えは悪くないとシンも思った。

実際、多くの国は巨大な壁で町を囲むことで、壁の内部に安全地帯を作り出しているのだ。これはその逆、危険な場所を隔離するという言葉にすれば単純な話。

加えて、モンスターの出現する場所は土地が大陸から突き出すような形になっているので北、西方面は壁を作る必要もない。

地続きになっている場所を区切ることができれば、海が壁の役割を果たしてくれる。ぐるりと周りを囲むより時間も資材も少なくてすむだろう。

「しかし、言うだけならば簡単だが、やるとなれば話は別だ。聖地からどのくらいの距離で区切るのか、壁の幅は？　高さは？　強度は？　高レベルモンスターの出現も考慮すれば生半可なものでは意味がない。さらには半分以上は海といっても、残りの部分だけで尋常ではない距離がある」

その提案がされた当初は、荒唐無稽《こうとうむけい》な話として扱われていた。

しかし、提案者は諦めなかったらしい。

多くの試みがなされ、その一部は実際に使われている。モンスターに幻術をかけて惑わすアイテムもそのひとつだ。

そして、行われた実験の中でモンスターの進行方向を壁で遮《さえぎ》ると、モンスターは壁を攻撃せずに壁に沿って移動することがわかった。

さらに、海に面した場所でモンスターを壁で囲むと、モンスターはそのまま壁沿いに進んで海に落ちるということもわかる。知能が低いゆえのことだ。

「いろいろと話し合いがあったが、長くなるので割愛する。最終的に、『断界の壁』計画という名でそれは実行に移されることに決まった」

発動と同時に一定範囲に巨大な壁を出現させるアイテムを一定間隔で設置し、一斉起動させることで壁を建築する手間を省き、さらに壁を作っている途中でモンスターに邪魔されることもないという計画らしい。

「計画が始まり今年で252年になる」

「そんなに経ってるんですか⁉」

ドラグニルが長命種だからこその計画の長さだ。

シンは普通に壁を作ったほうが早いんじゃないか、とも思ったが、この世界の建築技術はお世辞にも高くない。

スキルを使えばましになるが、一時的な防衛手段ではなく永続的な防衛設備として作るには、時間が必要だ。

ひとたび反乱が起きればモンスターに襲われる危険が高まり、作りかけの壁が壊される可能性もある。

資材の運搬や人手の問題などもあったのだろう。結局、アイテムを設置して一斉起動するほうが早く、安く、手間も少ないという結論に至ったようだ。

壁の詳細は土術を応用したもので、高さ60メル、厚さ40メルという、乗り越えるのも困難なものが出現するらしい。

出現した壁は即座に追加発動するスキルで強化されるようで、たとえレベル700クラスのモンスターの攻撃でもびくともしないだけの強度を得られるのだとか。

「よくそんなもの作れましたね。今の技術だと難しいと思いますが」

ゲーム時代でも無理と言われるだろう。ただ、作るのが壁という点で少し引っかかるものがあった。

「まだ、『栄華の落日』から生き延びた技術者のいる時代だったからな。今同じものを作ることはほぼ不可能だろう。基点となる部分には『界の雫』というアイテムを使っているのだが、シン殿は聞いたことがないかね？」

「なるほど。あれを触媒にしてるんですか。それなら、わからなくもないような」

大きさや加工状態こそ違うが、六式天空城ラシュガムの動力にも使われているものだ。

『界の雫』を大量に用意できれば、あるいはレイグの言うばかげた大きさの壁、それもスキルで強化された状態のものを出現させられるかもしれない。

「設置は9割まで終わっている。起動させれば、モンスターの進行ルートをかなり絞ることができるだろう。できれば完全な状態で起動させたかったが、この状況ではそうも言っていられん」

「穴の開いている場所に俺たちが陣取れば……いや、それでもまだ広いか」

残り1割ですら500ケメル以上ある。シンたちで完全封鎖とはいかない距離だ。

「残りのアイテムを急いで設置することはできないの？　モンスターの大群は侵攻してくるまで時間がありそうだし、大陸の端なら移動し始めてもすぐには来ないでしょ。先に出てきたやつらは大物以外ならまだ皇国の兵士と援軍で対処できる。フルスピードで設置していけば、シンさんたちでカバーできるくらいにはならないかな？」

「俺たちでか……設置には何か特別な技能が必要ですか？」

「いや、ある程度深く埋める必要があるが、選定者でなくともレベルの高い魔導士なら可能なくらいだ。シン殿たちならば簡単だろう」

レイグたちもミルトの意見を真剣に検討していた。設置もその後の防衛もシンたちがいてこそ成り立つ戦術だが、今は手段を選んでいる場合ではない。

アイテムを作った人物が少し気になったシンだが、それは後で聞くことにして話を進める。

「シュニーたちに意見を聞いても？」

「こちらが頼みたいくらいだ。やってくれ」

レイグたちにうなずいて、シンは心話を繋げる。どちらの組も戦闘はしていなかったようで、すぐに繋がった。

『その情報は我も今しがた聞いたところだ。そうか『断界の壁』か。完全な状態で起動させたいというレイグの考えもわかるが、モンスターの数を考えればやむをえんか』

『ですが、それで今回の氾濫をしのいだとしても、その後の防衛は大丈夫でしょうか。今までと違い、その穴の部分にモンスターが集中するのは間違いないでしょうし』

シンの話を聞いて、計画を知っていたシュバイドはその有効性を認める。

シュニーのほうは、起動後の心配をしていた。氾濫は聖地からもれる魔力があるかぎりずっと続く。今回だけしのげばいいというものでもない。

『例の幻術のアイテムをもっと設置して、そのうえで分散させていた兵力を集中すればどうにかならないかしら？』

『何かの戦いで壁の上にバリスタとか魔砲を設置して、その横に魔導士を配置とかしてたわよね。あ、壁の高さとか幅とかどうなの？』

フィルマとセティはそんな2人の会話を聞いて対応策を考えている。

シンも同じく考えていた。

壁の上に上るのは一苦労どころではないので、転移装置でもなければ兵器の設置や部隊の配置は難しいだろう。これについてはシュニー提供という形で貸し出すという手もなくはない。

「えっと、シン。もし、こんなことできたらなっていう考えでもいいかしら？」

袖を引っ張られてシンが振り向くと、ティエラが少し自信なさげに言った。

「ん？　ああ、今はアイディアを出すのが先だ。出来るかどうかは一旦おいといてくれ。で、どんな考えなんだ？」

「話に出ていた壁を出すアイテムなんだけどね。起動は一斉にしかできないって言ってたけど、シンなら個別に起動できるようにできないかと思って。そうしたら、今の状況を切り抜けた後で残りの壁も作れるし」

「……そうか。その手があったか」

言われてみれば、である。シンとて生産職、アイテムの詳細がわかればそういった細工をするのは不可能ではないと思われた。

「アイテムの起動タイミングを変更？　そんなことが可能なのか？」

シンとティエラの会話が聞こえていたようで、レイグが確認してくる。

「実物を解析してみないと確実なことはいえません。ただ、俺の想像通りのものなら、あるいは。これを見てもらえますか？」

「これは、アイテムカードかね？」

シンがアイテムボックスから取り出したアイテムカードは、実体化させるとピンポン玉くらいの大きさのガラスのような透明感のある球体だ。

アイテム名は『断空結晶』。土術系魔術スキル【ソイル・ウォール・X《テン》】を発動できる。

効果は単純で、アイテムを地面に投げると即席の土壁を出現させる。

モンスターから逃げるときに目くらまし代わりに使ったり、一時的に攻撃を防ぐ盾として使ったりするのが一般的だ。

ただし、シンの取り出したものは効果がかなり強化されており、一般的な【ソイル・ウォール】よりもはるかに頑強で、効果時間も長い。

なぜそれを取り出したのかといえば、今回の壁を作るという計画やその過程を聞いて、ある人物がシンの脳裏に浮かんだからだ。

それを確かめるための、アイテムカードである。

「……ふむ、どうやらシン殿はアイテムについての造詣も深いようだ。場所を移そう。計画で使うアイテムについては、軍の機密もあるのでここでするわけにはいかん」

返答に若干の間があったのは、シンが渡したアイテムカードについての情報を読んでいたからだろう。【鑑定】などのスキルがなくても読めるようにしておいたのだ。

レイグの放ちだした威圧感に、会議室にいた者たちは何事かと身構えている。

「皆すまんがわしらは一時退出する。会議はおぬしが進めておけ」

レイグは会議室に集まっていた面々にそう告げて、シンたちに退出を促す。

会議の進行役を任された人物は「またですか」といわんばかりの表情だ。先ほどレイグを諌めた、人に近いタイプのドラグニルである。

ただ事ではない雰囲気を察してか、将校たちから不満や制止の声はない。

「俺の予想は当たっていたと考えていいんでしょうか？」

レイグにつれられ、移動した別室でシンは問う。ティエラとミルトも同行している。

「すまぬが先にシン殿の話を聞かせてもらいたい。先ほども言ったが『断界の壁』計画のキーアイテムの詳細については、軍の機密なのだ。それも最高レベルのな」

情報もそうだが、壁を作るアイテムそのものも貴重であり、欲深い者が別の目的に使ったりしないよう厳重に管理されているという。

召喚・トリップ系

こっちの都合なんてお構いなし!?
突然見知らぬ世界に呼び出された
主人公たちが悪戦苦闘しつつも
成長していく作品。

月が導く異世界道中

あずみ圭

既刊14巻＋外伝1巻

両親の都合で、問答無用で異世界に召喚されてしまった高校生の深澄真。しかも顔がブサイクと女神に罵られ、異世界の果てへ飛ばされて――!?とことん不運、されどチートな異世界珍道中！

最強の職業は勇者でも賢者でもなく鑑定士（仮）らしいですよ?

あてきち

異世界に召喚されたヒビキに与えられた力は「鑑定」。戦闘には向かないスキルだが、冒険を続ける内にこのスキルの真の価値を知る…!

既刊6巻

装備製作系チートで異世界を自由に生きていきます

tera

異世界召喚に巻き込まれたトウジ。ゲームスキルをフル活用して、かわいいモンスター達と気ままに生産暮らし!?

既刊5巻

もふもふと異世界でスローライフを目指します！

カナデ

転移した異世界でエルフや魔獣と森暮らし！別世界から転移した者、通称『落ち人』の謎を解く旅に出発するが…?

既刊4巻

神様に加護2人分貰いました

琳太

便利スキルのおかげで、見知らぬ異世界の旅も楽勝!?2人分の特典を貰って召喚された高校生の大冒険！

既刊5巻

価格：各1,200円＋税

ゲーム世界系

VR・AR様々な心躍るゲーム
そんな世界で冒険したい!!
プレイスタイルを
選ぶのはあなた次第!!

とあるおっさんのVRMMO活動記

椎名ほわほわ

VRMMOゲーム好き会社員・大地は不遇スキルを極める地味プレイを選択。しかし、上達するとスキルが脅威の力を発揮して…!?

既刊21巻

THE NEW GATE

風波しのぎ

目覚めると、オンラインゲーム(元デスゲーム)が"リアル異世界"に変貌。伝説の剣士が、再び戦場を駆ける!

既刊16巻

のんびりVRMMO記

まぐろ猫@恢猫

双子の妹達の保護者役で、VRMMOに参加した青年ツグミ。現実世界で家事全般を極めた、最強の主夫がゲーム世界で大奮闘!

既刊9巻

価格:各1,200円+税

人外系

人間だけとは限らない!!
亜人が主人公だからこそ
味わえるわくわくがある♪

Re:Monster

金斬児狐

最弱ゴブリンに転生したゴブ朗。喰う程強くなる【吸喰能力】で進化した彼の、弱肉強食の下剋上サバイバル!

第1章:既刊9巻+外伝2巻　第2章:既刊3巻

さようなら竜生、こんにちは人生

永島ひろあき

最強最古の竜が、辺境の村人として生まれ変わる。ある日、魔界の軍勢が現れ、秘めたる竜種の魔力が解放されて——

既刊19巻

邪竜転生

瀬戸メグル

ダメリーマンが転生したのは、勇者も魔王もひょいっと瞬殺する異世界最強の邪竜!?——いや、俺は昼寝がしたいだけなんだけどな……

全7巻

価格:各1,200円+税

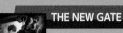

また、アイテムを作った人物については製作当初、皇国内で少し揉め事があったらしく、縁者に害が及ばないよう製作者の名前は公表されなかった、とレイグは説明した。

当時製作者は無名だったので、そのまま計画名に使う話もあったらしい。

「アイテムの製作者は、バラキア・ウォールクラフト。今で言う選定者で、職業は鍛冶師兼錬金術師。とにかく壁を作ることに情熱を燃やしていた。好きな言葉は『絶壁こそ至高』。それが、俺の知っているバラキアという人物です。たぶんですが、『断界の壁』計画に使われているのは、それをさらに強化したものではないですか？」

レイグの手にしたアイテムカードを見ながらシンは言う。ゲームのころより自由度の上がっているこの世界なら、このくらい作ってもおかしくない。そんな確信があった。

「……そこまで推測するか。シン殿はバラキア殿の縁者なのかな？」

レイグはシンの問いに明確に答えず、質問を返してくる。ほぼ答えているようなものだが。

「ちょっとした交流がありまして」

ゲーム時代に、鍛冶師同士ということで情報交換や作った作品の感想を言い合ったりしていた。

ホームタウンがモンスターに襲われた事件で、亡くなってしまった人物の1人だ。

「あの人も情熱が変な方向、向いてたよね。間違いなくシンさんと同類」

「ナチュラルに変人扱いしてきたな」

「あの頃はシンさんのほうが変人度高かったよ？　皆、類は友を呼ぶって言ってたし」

「なん……だと……？」

シンの知らない話だった。

「本人と交流か。シュバイド殿から聞いたのかと思ったが、交流があったというのはどういうことなのだ？　バラキアは２００年以上前に死んでいる……ふむ、ミルト殿の発言といい、ヒューマンだと思っていたが長命種だったか。ロードかピクシーといったところかな？」

どこに住んでいてどんなことをしていたなどの話も聞いたレイグは、驚きつつも真剣な表情で問うてくる。

こちらに来てからどういう活動をしていたかシンは知らないので、もしかするとレイグの知る人物像と違うかもしれないと思ったがそうでもなかったようだ。

「その辺はご想像にお任せします。それでアイテムなんですが、作り方は大体知ってるので手を加えられる可能性はあると思います」

種族についてこれ以上聞かれても困るので、シンは話を逸らす。

「今する話ではなかったな。しかし、まさか知り合いとは。少々驚いてしまった」

レイグは少し考えるそぶりをしてから、あらためてシンを見る。

「……いいだろう。この砦にもいくつか壁を作るアイテム『エンド・ウォール』が運び込まれておる。破損や紛失も考えられたのでな。予備はそれなりに用意されているのだ。それを見せよう。起動を別にできるなら、王に進言する価値がある」

会議は一時中断だとレイグは言い、部屋の外に待機させていた兵士に連絡を頼んだ。

「こっちだ。ついてまいれ」

そう言って歩き出すレイグ。

「僕たちたいして役に立ってないんだけど、ついていっていいのかな?」

「うん、私もそう思ってた」

ミルトとティエラについて、レイグは待つようには言っていない。

シンと一緒に移動して話も聞いている。問題があればレイグも止めるだろうとシンは思ったので、大丈夫だろうと返した。

「ミルト殿は元プレイヤー。ティエラ殿は巫女であろう。今は我らとは違う発想が欲しいのでなぁに、おぬしらに見せた後は隠し場所は変える。気にするでない」

「……ミルトはいいとして、ティエラのことも知っているんですか?」

何気なく口にしたレイグだが、内容は気にせずにはいられない。

プレイヤーという呼称は、長命種であるレイグなら知っていてもおかしくないが、ティエラが巫女だというのは、エルフの里の人々やその関係者を除けば、シンたちくらいしか知らないはずなのだ。

「これでも『栄華の落日』前から生きておる。伊達《だて》に年はとっておらんさ。今が何代目なのかはわからんが、巫女と実際に会ったこともあるのでな。ティエラ殿の気配はそれに近い。確証はなかったが、当たりのようだな？」

シンの言動で、間違いないと確信したようだ。

しまったとシンは思う。まさかティエラが巫女だとわかるような人物がドラグニルにいるとは思いもしなかったのだ。

「無論、他言はせん。巫女の重要さは理解しておる」

気安さもあった話し方が変わる。会ったことがあるというだけあって、立場や役目もわかっているようだ。

しばらく歩いて着いた先は、司令官が事務作業や来客などに使っている部屋だった。

「ここから隠し通路に入る。後は頼むぞ」

先に部屋に戻っていた人物―レイグの冗談に苦言を呈していたドラグニルだ―にそう告げて、レイグは部屋の奥にある扉を開けた。

扉の先にはちょっとした小部屋があり、レイグが何か操作をすると本棚が横にスライドして隠し通路が現れた。

【魔力波探知《マジック・ソナー》】で探ってみると、螺旋《らせん》階段が砦の地下まで続いているのがわかる。

「しばし待て」

そう言って通路を降りていくレイグ。下まで降りるとなると時間がかかるなと思っていたシンだったが、5分とかからずにレイグは戻ってきた。

「ずいぶん早いですね」

「その様子ではこれがどこまで続いているかわかっているようだな。しかし、どこにあったかまではわかるまい」

得意げに笑うレイグに、降参だとシンは両手を挙げた。

さすがに隠し場所や方法まですべて見せてくれるなんてことはないようだ。だが、かなり踏み込んだところまで見せているのは間違いない。

「それで、アイテムのほうは？」

「これだ。ものがものゆえ、預けることはできぬ。解析には立ち合わせてもらうが、かまわんな？」

「ええ、見られて困ることは何もありませんから」

シンがレイグに見せた『断空結晶』によく似た形状の球体を受け取る。中心に虹色の光が輝いているのは『界の雫』の影響だろう。

シンはその場で【鑑定】と【解析】のスキルを使用する。かつてヒノモトで『童子切安綱』を打ったときにも使った手法だ。

今回はシンが元になったアイテムの作り方を知っているのもあって、材料や組成がすらすら解ける。その過程で、なぜ同時起動という設定になっているのかもわかった。

「なるほど、材料不足か」

「どういうことなのだ？」

「『界の雫』が足りなかったんです。壁を作る魔術や壁を強化するスキルは、『界の雫』のものを使っています。ただ、用意したものだけじゃそれをすべてまかなうことができないんです」

「しかし、試作品では問題なく壁はできていた。わしもこの目で見たぞ？」

「おそらくですが、デモンストレーション用に調整していたんだと思います。このアイテムはすべてが魔力のパスで緩く繋がっているんです。なんと言いますか、見えない細い紐か管のようなもので繋がっていると思ってください。それらはアイテムの起動と同時に完全な状態でひとつに繋がり、この中に見えるわずかな光ではなく、結晶としての『界の雫』として機能するようになります」

これは、アイテムに必要な材料が足りないときにとられる手法のひとつだ。

【THE NEW GATE】において、魔力はアイテムに封じ込めた状態よりも、結晶化している状態のほうが魔力効率がいい。

魔力を封じ込める状態にして複数に分割すると、当然だが結晶状態のころよりアイテムなり武具なりの効果は落ちる。『エンド・ウォール』も魔力を封じ込めた状態だ。

シンが調べたかぎりでは『エンド・ウォール』製作時に使用された『界の雫』には、一度に大陸の一部を隔離するだけの壁を作り出すポテンシャルはない。

それを可能にしたのが、今回の技術。

アイテムに均等に魔力を配分し、起動と同時に魔力が同調して複数のアイテムに結晶状態と同じか、それに近いポテンシャルを持たせるもの。

結晶を粉にしたり溶液に溶かしたりといった方法のほうが、同調時の魔力効率はいいが、それではできない利点がある。

ひとつの『界の雫』をひとつのアイテムに使用すれば、魔力効率は１００パーセント。粉や液体などにして二つに分けるとひとつあたりおよそ48パーセント。

魔力を封じ込めると、ひとつ当たり40パーセントくらいの効率になる。

数が増えればどんどん効率は落ちる。これを二つにしてもきっちり50パーセントかそれに近くなるようにしたのが今回の方法だ。

この手法が発見された当初は、なぜこんなことが可能なのか、バグではないのかと生産職の間でかなり騒がれたのをシンはよく覚えている。

そもそも、魔力効率くらい同じにしろよ、とはよく言われたものだ。

利点は確かにある技術なのだが、使うような事態がほとんどなかったため忘れている、もしくは知らないプレイヤーも多い技術である。

ただ、これは単純に魔力効率を高めるだけの技術ではない。

計画に使われる以上、それ相応の理由がある。それが、魔力を同調させる際に周囲の魔力もいくらか吸収するという点だ。

大陸を横断するほどの壁の生成。

距離を考えれば、設置するアイテム量は途方もない数になる。

今回のようにすさまじい数のアイテムを同調させるとなれば、同調時に吸収する魔力量は元にした『界の雫』の総量を、はるかに上回るのは間違いない。

軽く計算しても、足りない分を補うのは十分可能だとシンは思った。

「ねぇねぇ、シンさん。それだと、起動タイミングを別にしても大丈夫なの？　同調するタイミングで魔力を吸うのを計算に入れてるなら、個別で起動できるようにすると魔力足りなくなったりしないかな？」

同じことを考えていたのだろう。ミルトの発言にレイグもうなずいている。

「大丈夫だ。さすがはバラキアさんだな。奇をてらった手法も今の時代に見つかったような技術も使ってない。自分以外のプレイヤーが見たときに、手を加えられる余地を残してる」

解析の結果が、シンの頭の中に広がる。欠けている部分は、どこにもない。

「シンさん、どうかしたの？　顔、怖いよ？」

「ああ、悪い。なんつうか、本気なのが伝わってきてな。これも縁かね」

『六天』ではないが、付き合いの深かったプレイヤーだ。

「さて、魔力の件だけどな。今の時点でも魔力はかなりの量がプラスされる。それにそもそも『界の雫』というか、魔力が足りないからこういう手法をとったんだ。なら、俺の持ってる『界の雫』も使って今の状態でも問題なく起動するようにしてやればいい」

アイテムは見えないパスのようなもので繋がっているので、魔力源となる『界の雫』を足すということも技術的には可能だ。

「個別で起動できるようにしたやつも、同じ処理をすれば効果が変わることもないはずだ。さすがに実際にやってみないことには断言はできないけどな」

２００年以上の時間をかけてきた計画だ。いきなりそのキーアイテムに手を出すほどシンも迂闊ではない。設計図は手に入っているので、後は確認だけだ。

「早速実験して、問題なければ処理に入ろうかと思いますが、どうですか？」

「実験は進めてくれ。アイテムの処理については、わしの独断で行うわけにはいかんのでな。王の裁可を待たねばならん」

シュニーとシュバイドの仲間といえども、計画の核となるアイテムを任せるには最高権力者の判断が必要なのはシンも理解できた。

むしろ、身元保証人がしっかりしているとはいえ、シュニーたちに比べれば経歴の乏しいシンに重要なアイテムの実物を見せ、解析までさせてくれているだけで異常な対応といえる。

シンがハイヒューマンだと知っているなら別なのかもしれないが、レイグは知らないはずだ。

「結果はどれくらいで出る？」

「物が物ですので、すぐに始めても念には念を入れて最低3日はいただきたいですね。あとは実験結果次第としか」

『エンド・ウォール』の解析は終わっている。

やろうと思えば今日のうちに取り掛かることもできるが、万が一を考えて、予備実験をいろいろ行ってから本命に取り掛かる予定だと追加で説明した。

「こちらの話し合いがまとまるかはわからんが、それで進めてくれるか」

「わかりました」

レイグの気質か、決断が早い。

「他にもいい案があれば言ってくれ。おぬしの力を疑うわけではないが、対策は多いに越したことはない」

「理解しています」

試したがダメだったという可能性もないとは言い切れない。予備プランを用意したいのは当然だろう。

「では戻るか。良い案が出ていてくれると助かるんじゃが」

『エンド・ウォール』を戻してきたレイグとともに、会議室に戻る。扉が開いた音に反応して、全員がレイグたちに顔を向けてきた。

「わしらが席をはずしていた間に、何か進展はあったか？」

「モンスターのほうはまだ動きはないようです。対策ですが、モンスターが動いていない間に進行方向に爆発系のアイテムを埋めておく、空から爆発系アイテムを落とすといったものから、散らばる前に全軍で打って出るといった無謀なものまで出ております」

「軍はモンスターを逃がさぬように広がり、固まっているところにはシュニー殿やシュバイド殿に突撃してもらう、か？」

「あくまで、案のひとつでございます」

「気持ちはわからんでもないがな」

会議室内の面々の表情を見るかぎり、本当に一案として出ただけのようだ。誰もその意見を推さない。

効果的といえば効果的だ。選定者でもない兵士の軍隊より、シュニーやシュバイドのほうが圧倒的に強く、攻撃範囲も広い。

おまけに機動力もある。大陸規模の広さという問題点がなければ、本当にそれで片がついてしまう。

今回はそう簡単にいかないのが難点か。

「地雷と空爆ならば、多少は効果が見込めるか。しかし、やつらの中にも飛べるものはいる。竜騎士隊に被害が出ることも覚悟せねばならんな。モンスターの種類について、追加情報はきているか？」

「動物系、昆虫系、不定形系の三種のみというのは変わっていません。今のところ、新たに発生したモンスター群の中には高高度を飛行可能なモンスターは認められていませんので、爆撃は効果的だと思われます。王都からの連絡では、すでに準備を進めているとのことです」

「そうか。少しでも減ってくれるといいのだがな」

現状では、むしろ増え続けるのを抑えるだけの効果があるかと言ったほうがいいだろう。

「会議は一旦閉会とする。だが、対策は考え続けて欲しい。妙案があればすぐに進言してくれてかまわん」

大量発生中のモンスターも問題だが、先に発生した分のモンスターも迫ってきている。いつまでも会議をしているわけにはいかない。

各自が持ち場に戻るのにあわせ、シンたちも会議室を出た。

「シン殿とティエラ殿はこれからどうするのだ？　レイグ殿とともにどこかへ行っていたが」

「少しばかり実験をする予定だ。うまくいけば、少しはこの状況にも光明が見えてくれると思うんだけどな」

「詳しい話を聞きたいところだが、我らには聞かせられない話か？」

「どこまで話していいのか俺には判断がつかない。悪いけど、これについてはレイグさんに聞いてもらうしかないな」

ふむ、と考え込むライナ。ちらりとミルトに視線が飛ぶ。

「シンさんが言わないなら、僕も言わないよ」

ミルトは両手で口を覆い、首を左右に振る。立場上教会に属しているミルトだが、さすがに他国の機密を漏らす気はないようだ。

「お前に諜報員の真似事をさせる気はない。だが、内容を知っていることは今のでわかったぞ？」

「謀《はか》ったな⁉」

「いや、シン殿たちとともに会議を抜けたのだからそのくらいの想像はつくだろう……」

ライナなりの冗談だったようだ。

「詳しい話を知っているのなら、ミルトはしばらくシン殿たちと行動をともにしろ。高レベル個体でなければ、現状は我らと駐留している部隊だけでモンスターには対処できる」

そう言ったライナだったが、ミルトはあまり乗り気ではなかった。

「僕は生産職じゃないから、いても役に立ちそうにないんだよね。まだ武器を振り回していたほうが役に立てると思うんだ。シンさんもそう思うでしょ？」

「役に立たないとまでは言わないが、手伝ってもらうことは……ないな。ミルトの得意分野とも違うし、こればかりは仕方ないだろ」

言い切る前に少し考えたシンだが、結論は変わらなかった。

ミルトは毒物系のアイテムを使う都合上『調薬』をはじめとした生産系スキルをいくつか取得している。ただ、今回は薬関係のアイテムではないのでスキルは役に立たない。

戦闘メインでありながら狭い分野とはいえそれなりの生産系スキルが使えるだけでもすごいことなのだが。

「というわけだから、僕も一緒に行くよ」

「そうか。なら、すぐに出るぞ。モンスターの集団が動く前に少しでも周囲のモンスターを減らして備えておきたいとのお達しだ」

「りょーかい！　じゃ、ちょっといってくるね！」

去り際にウインクをして、ミルトはライナとともにモンスター討伐に向かった。それを見送ったシンとティエラもまた、砦の門を出て荒野へでる。

ユズハとカゲロウに乗って2ケメルほど移動し、シンはあるアイテムを取り出した。

「それって、さっきのアイテム？　あれ？　でも本物は受け取ってなかったわよね？」

「別のアイテムだ。でも、魔力を封じてる球体はこの『プレーン・ストーン』で間違いない。解析してしっかり確認した。これに魔力とスキルを込めてやれば、理論上はさっき見せてもらったアイテムとだいたい同じものができる」

シンがカードから具現化した『プレーン・ストーン』は、スキルを込めて使う素材アイテムのひとつ。

他にもいくつかタイプがあり、どれもスキルを込めて使う。違うのは素材ごとに込められるスキルの強さや種類などだ。

「取り出しますは、『界の雫』。これを『プレーン・ストーン』と一緒に手で包むと――」

シンの手の中で1セメルほどの『界の雫』の欠片《かけら》と『プレーン・ストーン』がひとつになる。

『界の雫』は消え、『プレーン・ストーン』の中に虹色の光が灯った。見た目は完全に、レイグが見せた『エンド・ウォール』と同じだ。

「いや、これはスキルを込める下地ができた状態だ。これにスキルを付与する」

「……え、これだけ？」

シンがそう言うと、『プレーン・ストーン』が淡く光る。

「これでよし。名前は……実験だし単純に『ウォール・ストーン』でいいか。じゃあ、やるぞ」

シンが『ウォール・ストーン』を地面に埋め、離れてから起動する。遠隔起動も『エンド・ウォール』についている機能だ。

「確かに、これならモンスターも通れないわね……」

呆然《ぼうぜん》とティエラが見上げるのは、高さ10メル、幅20メル、厚さ5メルの巨大な土壁だ。硬化もしてあるので、鋼鉄並みの強度もある。手のひらに乗るくらいの小さいアイテムから、城壁並みの壁が出現すれば驚くのも無理はない。

「次はこれだ」

シンはひとつ目と同じ数、同じ大きさの『界の雫』と『プレーン・ストーン』を取り出し、合成する。

「さっきと同じに見えるけど、何をしたの？」

「スキルを二重に込めたんだ。さっきのは最大レベルの【ソイル・ウォール】っていうスキルを1回付与した。今度のやつは二度付与してある」

そう言って、シンは設置したアイテムを起動する。しかし、反応はない。

「失敗したの？」

「いや、魔力不足だ」

解析した『エンド・ウォール』には、二重でスキルが付与されていた。

スキルの二重付与は付与されたスキルの効果を底上げするが、別々のスキルを二つ付与したときよりも消費魔力が増える。

シンが合成した『界の雫』の魔力では、発動するには魔力が足りなかったのだ。

「今のところ計算どおり。これにもうひとつ『界の雫』を合成する」

掘り出したアイテムに『界の雫』を合成し、再び埋める。起動すると、今度は先ほどとは比べ物にならない高さの土壁が出現する。

スキルの応用で高さを測るとおよそ60メル、厚さ40メル。

アイテムの許容量の都合で横幅は10メルしかないが、高さと厚さはレイグに聞いた『エンド・ウォール』発動時に出現する壁と同じだ。

「これに硬化も入れると、魔力消費量は一致するな。やっぱり結構な量だな。念のために同調時に吸収する魔力の検証もしとくか……？」

もともと持っていたアイテム生成過程の情報に加えて、アイテムの実物を解析できたこともあって情報には一点の穴もない。実験は実にスムーズに進んだ。

『エンド・ウォール』への、『界の雫』の追加合成。

同調させたアイテム起動時の、魔力吸収量の測定と再計算。起動タイミングの変更等々、念には念を入れた入念な確認を済ませていく。

実験過程で壁を出したり消したりしたことで、些で騒ぎになるというハプニングが起こったものの、万全を期したといえるほどの成果を出すことができた。

調査を開始してから丸2日後のことである。

「軍事機密のアイテムを、こうも簡単に作ってしまうとはな。ザイクーンの返事の早さはこれを知っていたからだな」

レイグの手には、シンの作った『エンド・ウォール』がある。実験結果やアイテムに関する資料に目を通したレイグは、呆れるべきか驚くべきか迷うと続けた。

レイグの言うとおり、王城からの返事は翌日の早朝に戻ってきており、全面的にシンに任せるという王の許可まで下りるという異例の内容が書かれていた。

早すぎるだろうと追加で資料も送り、再確認したくらいだ。こちらは王様が自分がハイヒューマンだと知ってるからだろうなとシンは思った。

この世界のプレイヤー以外の人々にとって、『六天』のハイヒューマンはそれほどの存在なのだと実感する。伊達に生産職の神扱いされているわけではないのだろう。

かつて『エンド・ウォール』製作に協力したドラグニルは、我々よりも構造を理解していると驚いていたらしい。

「では、計画の発動は前線の兵士の撤退が終わってからということで」

「うむ、急がせよう」

計画の実行にあたり、壁の内側に位置する第1、第2砦の放棄が決定。兵士の撤退が開始されていた。メッセージによる連絡によると、砦を出るまでに2日。壁の出現するラインを越えるまでにさらに7日かかるらしい。

壁さえできてしまえば、大量のモンスターに怯える必要もなくなる。今回のモンスター大量発生も、しのげるだろう。

そう思ってしまったのがいけなかったのかもしれない。

扉を激しく叩く音がシンたちの耳に届く。入ってきた兵士の顔からは、完全に血の気が引いていた。

「緊急連絡！　モンスターの大群が……移動を始めたとの報告が入りました！」

モンスターは、壁ができるまで大人しくしていてはくれないらしい。

Chapter3 断界の壁

THE NEW GATE

「詳細を話せ」

動揺している兵士に、レイグは普段と変わらぬ様子で話しかける。

どっしりと構えた指揮官らしい姿だ。

いつもと変わらぬ様子に、多少落ち着きを取り戻した兵士は、一呼吸おいてメッセージを伝える。

「はっ！　連絡が来たのはつい先ほどで、第1砦の偵察部隊がモンスターの大軍の中から飛び出した大型モンスターを複数発見。その後、それに率いられるようにモンスターが次々と移動を始めたとのことです。また、飛び出した大型モンスターは、どれも偵察部隊の鑑定では名前、レベルともに確認できなかったとの報告もあります」

第1砦の偵察部隊は身を隠す技能と相手の情報を看破する鑑定の技能を鍛えたエキスパートたちだ。そのほとんどが選定者であり、ステータスも一般兵とは比べものにならない。

そんな彼らがレベルを見ることができなかったとなれば、わかるのは相当な高レベルか、看破系のスキルを防ぐ能力を持っている可能性があるということくらいだろう。

「複数というのは具体的にどのくらいだ？」

「今のところ、確認できたのは3体とのことです。それぞれ発生地点から北東、東、南東の3方向に向けて移動中。それぞれ、同種と思われるモンスターを率いているようです」

確認できたのは、北東が不定形タイプ、東が動物タイプ、南東が昆虫タイプのモンスターの集団だということ。

動物タイプは頭が二つある虎のようなモンスターが率いている。

体長は5メルほどで、毛は大部分が黒く、ところどころ赤い毛が生えているという。

二つの頭にはそれぞれ黄色い角が二本生えているようだ。口元で何かが弾けるように、ちかちか光っていたという報告もあった。

それらの情報から、モンスターはヘルトロスだろうとシンは予想する。口元で光っていたのはおそらく雷だ。

ヘルトロスは左の首が雷の、右の首が炎のブレスを吐く。

イヌ科やネコ科、それに近いモンスターを統率する能力が高く、単体でも強いが群れになると、さらに数段上の能力を発揮するタイプだ。

機動力も高く、仮に逃げても臭いでどこまでも追ってくる執念深さもある。

ゲーム上のレベル帯はおよそ700～750。群れを率いている場合はプラス100レベルほどの相手だと考える必要がある。

昆虫タイプはトカゲに似た頭部を持ち、目は複眼。体は百足《ムカデ》のようでありながら薄い翅《はね》が六対背から生えている。さらに蜘蛛《くも》のような長い足まであるという。

こちらについてはセルキキュスだとシンは確信する。その姿は特徴的で、ゲーム上のモンスターであるならまず間違いない。

翅はあっても飛行能力は低く、飛んでもその速度はとても遅い。基本的に長い足で地上を移動する。

気をつけるべきは、恐ろしく広い索敵範囲とそれを元にした遠距離攻撃だ。

トカゲに似た頭は四つに割れるようになっており、その中心にある発射口から、非常に強力な熱線を放ってくる。反動でセルキキュス自身も吹っ飛ぶほどの威力で、通常時は長い足をアンカーにして反動に耐える。

レベル帯は８００～８５０。シンの知るかぎり同種のモンスターを従える能力はないので、こちらは何か特殊な能力に目覚めているのかもしれない。

最後の不定形モンスターだが、こちらは偵察部隊も判断に困ったようだ。

スライムに代表される不定形モンスターは、外見的特徴から名前を推測するのが難しい。不定形なので見た目の情報が当てにならないことが多いのだ。

今のところわかっているのは、色が青紫であり、楕円形の本体から細長い棒のようなものが三対六本生えているということ。

昆虫タイプの足に近い構造で、それを使って走っているという。球形のタイプは転がるか這いずって移動することがほとんどだが、今回は違うようだ。

ただ、先頭を進む個体以外はその方法を取っているタイプは確認できていないと兵士は報告している。

群れだと厄介なヘルトロスは、これ以上ないほど能力を発揮できる環境にいる。

セルキキュスの砲撃能力も、自分以外のモンスターを前に出して熱線を撃ち始めたら脅威だ。

そして、不定形モンスターの集団にいたっては戦うまでどういう能力を持っているかもわからないときている。

数も考慮すれば、そのどれもが小国程度なら軽く更地にできる戦力だ。大国でも長くは持たないかもしれない。

「どれも厄介だな」

「いやいや、シンさん。これは厄介じゃなくて厄災。こっち基準ならほとんど詰んでるから」

シンのつぶやきにミルトが呆れながら言う。

これがゲームなら、「イベントきたー！」とプレイヤーが突っ込んでいくところだが、こちらの世界はそうもいかない。

ただ、『断界の壁』計画にもめどがつきつつある今ならば、やりようはある。

「わかってるよ。でも、まだ対処できる。今回は俺も含めて普通じゃない面子がそろってるからな」

「あ、自覚あるんだね。よかったよかった。ま、シンさんなら散らばりさえしなければ、本当に1人で全滅させそうだもんね」

「お前それ褒めてないだろ」

少々聞き捨てならない台詞を聞いた気がするシンである。今更自分が普通などと言い出しはしないが、それを他人に言われるのはまた別問題だ。

「全滅させるにしても、数が多すぎるだろ……って、お前らはなんでうなずいてるんだ」

無茶を言うなとミルトに返すシンの後ろと肩の上で、うんうんとうなずくティエラとユズハ。2人もやれると思っているようだ。

「えっと、今までの戦いを振り返ると、すんなり納得できちゃって。むしろ壁を作ったあとで、『やっぱり心配だから念のために倒しておこう』とか言って壁を乗り越えて戦い始めるんじゃないかと思ってた。壁ができてモンスターが進めなくなったら、時間の問題は解決するし」

「う、完全には、否定できない」

ティエラにジト目を送っていたシンだったが、確かに言い出しかねないと思ってしまう。

壁ができてモンスターが大陸に広がることがなくなったとしても、モンスターの大群を放置するのは不安が残る。今回発生した分だけでも駆除しておこうという流れになっても、おかしくはない。

やれてしまうが故に、そう思う。

『くぅ！　シンの本気を見せるとき！』

ユズハも同意見のようだ。尻尾を支えにして肩の上に器用に立ち、シュシュッと空中に肉球パンチを繰り出している。

「お前たち、よくそんなことをしている余裕があるな。このままでは、第1、第2砦の兵士たちがモンスターに襲われるというのに」

困惑4割、呆れ4割、怒り2割といった具合に話しかけてきたのはライナだ。

砦の兵士の大半は歩兵。いくらアーツやスキルの補助があっても、上位モンスターのような高速移動は難しい。

さらに、モンスターと人では体力があまりに違う。とくに高レベルモンスターの体力は人と比べれば無尽蔵ともいえる。

圧倒的体力差に加えて、進む速度の差も桁違い。それらを考えると、砦の兵士たちが壁のできるラインを越えるまでに、モンスターが追いつく可能性は高かった。

「すまん、ふざけているわけじゃないんだ」

シンも、ミルトやティエラと他の将校たちでまとっている空気が明らかに違うことは自覚している。

「そうは言っても、シンさんだからねぇ」

「そうなのよね。シンだもんね」

『シンがんばる。くぅ！』

「理由になってないだろ……ほら、皆さんも呆れてるぞ」

真面目にやれと注意するが、将校たちからの視線はあまり変化しない。

「くっくっく。どうやら、我らにとって未知のモンスターも、シン殿にとってはたいした脅威ではないようだ。実に頼もしいではないか」

会議室に大きな笑い声が響く。レイグは将校たちとは違う受け取り方をしているようだ。

「何か、計画以外にも策があるのではないか？　皆、不安がっている。聞かせてもらえんか？」

笑いを引っ込め、真剣な表情でレイグは言う。このままでは撤退する友軍が危険なのだ。笑ってばかりもいられないだろう。

「モンスターに比べれば、人の数は微々たるものです。なので、これを使って、まずは部隊を速やかに安全な場所へ移動させることを提案します」

シンが取り出したのは、転移が付与された結晶石だ。シュニーという『栄華の落日』以前の技術を使えてもおかしくないメンバーがいるので、普段は躊躇《ちゅうちょ》せざるを得ないアイテムもおおっぴらに使うことができる。

「結晶石か？　それを使って移動……もしや」

付与されたスキルがわからない将校たちは、どうやって移動させるのかと思案顔だ。

レイグだけはシンの取り出した結晶石を見て、何かを考え、くわっと目を見開いた。

「これを使えば、一気に第9砦の近くまで兵士の皆さんを転移させることができます。さすがに一度で全軍というわけにはいきませんが、聞いたかぎりの人数なら10回も使えばいけます。俺たちが行って、片っ端から転移させますよ。この砦にはメッセージに不備があったときのためのワイバーンがいるという話ですから、それを貸していただければ砦の兵士たちにモンスターが追いつくより先に合流できるはずです。壁ができた後の迎撃準備の時間も取れるでしょう」

「……転移が付与された結晶石か。確かにこれを使えば、モンスターの追撃を恐れる必要はなかろうな」

シンの手の中で光る結晶石を見て、レイグはため息にも似た息を吐く。

「シン殿の腕前はわかっていたはずだが、やはり驚かざるをえん。小規模の転移をする使い捨ての結晶石の欠片ならば遺跡やダンジョンで発見されることもあるが、軍を転移させられるほどの結晶石がでてくることなどまずない。かつてはそれも当たり前だったことは覚えておるが、今それができる者がいったい何人いることか」

「シュニー殿も、いったいどこでこんな人材を見つけたのやら」

レイグの副官もどこか呆れを含んだ声で言う。

「まあよい。友軍に犠牲を強いることなくことが進められるのならばそれに越したことはない。第1、第2砦の兵はアイテムを設置する部隊の護衛に回そう。シュバイドやシュニー殿がいる状況で万が一はないだろうが、それでも兵力は多いに越したことはあるまい。いざというときは防衛の足しになろう」

「そうですね。俺たちで対応できない事態がないとは言えません」

数は力だ。シンたちは個人として力はあっても、それは局所的なもの。今までは個人の力押しでどうにかなる場合がほとんどだったが、そうならない状況も想定しておくべきだろう。

「すぐに動くか？」

「はい。まだ不確定なことも多いので、なるべく早いほうがいいと思います」

未だに姿を確認できていないヴォルフリートらしきモンスターの動向も気になるが、優先度はこちらが上だ。

「ならば、こちらも『壁』の展開準備を進めるとしよう。すでに第3から第7までの砦からは起動のための人員と護衛の部隊が出撃している。我らも続くぞ」

エンド・ウォールの起動にはある程度の人員が必要となる。誰かがアイテムをひとつ起動しただけでは、すべてのアイテムが連鎖起動しないための措置だ。

『断界の壁』計画においてアイテムの数がとにかく多いのは、間違いや悪意ある人物による起動をさせないための安全装置でもある。

まだ合流していないシュニーとフィルマは、モンスターの掃討をしつつシンたちと同じくワイバーンを借りて各起動地点を見回る。

万が一緊急事態が起こった場合、シンに連絡し対処も行う予定だ。

シュバイドとセティはそのまま、進路上のモンスターを倒しながらまっすぐシンたちとの合流地点を目指す。

合流地点は『エンド・ウォール』がまだ設置しきれていない地域だ。

こちらはシンがアイテムの実験をしている間にも、急ピッチで作業が進められていた。

シンの貸与したモンスターに発見されづらくなるアイテムを使っているので、予定よりも早く作業は進んでいると報告が入っている。

モンスターが来るまでの間に可能なかぎり作業を進め、もし設置が間に合わない場合はそのまま起動。シンたちが穴を埋める。

壁の設置状況によっては穴を完全に塞ぎきることはできないことも考えられるので、レイグたち皇国軍とライナたち教会戦団も、順次展開予定だ。

皇国の首都からも竜騎士隊が出撃していると連絡が来ている。

「では、俺たちは先行して第1、第2砦の兵士の撤退を支援します。転移場所は行ってから決めます。先に展開している部隊に連絡と周知をお願いします。いても問題はありませんが、知らないと混乱すると思いますので。こちらの兵については、そのあとでかまいませんか？」

「それでよい。兵たちのこと、頼んだぞ」

レイグにうなずき返し、シンはワイバーンに飛び乗る。

気性の荒いワイバーンだが、訓練されているからか初めて乗るシンに対して暴れたりはしない。先にユズハが頭の上に乗ったときにビクリと震えたので、そのせいかもしれないが。

シンはティエラが後ろに乗ったのを確認し、手綱を軽く引いた。

その意味を理解しているワイバーンは、力強く駆け出す。少しの助走の後、大きく羽ばたいて空へと舞い上がった。

スキルなり魔術なりで補助しているのだろう。地面を蹴ってから数度羽ばたいただけで大きく高度を上げている。

「緊急連絡用だから速いって聞いてたけど、思ったほどじゃない……かしら？」

上昇が終わり安定飛行に入ってから、密着させていた体を離しつつティエラが言った。

それでも、しがみついた手は離していない。上昇する際に羽ばたいたとき、かなり揺れたのを気にしているのだろう。

手が滑って離れれば、手綱を持っていないティエラはそのまま振り落とされかねない揺れ方だった。

「十分速いと思うけどな。ティエラが今まで乗ってきた空飛ぶものっていうと……エンシェント・ドラゴンにツァオバトか。そりゃ遅く感じるだろうな」

空を飛ぶ機会はほとんどないので、思い出すのは簡単だった。

どちらもワイバーンとは比べものにならないほどの高レベル。いくらシンたちの乗るワイバーンが速度に特化するよう訓練されていても、飛行速度でかなうわけがない。

わずかに聞こえたワイバーンのうなり声が『そんな怪物と比べられても……』と言っているようにシンには聞こえた。

これは訓練でどうにかなる差ではないので、気にするなという意味も込めて首筋を撫でておく。

「目的地にはどのくらいで着くの？」

「アイテムを設置しているところまでなら大体3時間くらいだな。そこで転移ポイントを設置して、まずは第1砦に向かう。ただ、モンスターが移動してることはメッセージで連絡がいってるはずだから、もう移動を始めているかもしれない。そうなるともう少し早いかもな」

レイグは砦を出るまでに2日ほどかかるといっていたが、それは武具や食料などの貯蔵物資の運び出しも含めての話だ。

もっとも近い砦に移動する分だけ準備するならば、1日もかからない。

後はどのくらい距離が稼げるかといったところだろう。

「間に合う……のよね？」

「モンスターの動きが情報どおりならな」

不安そうなティエラにシンは楽観的なことは言わない。

今飛び交っているのは、モンスターの大群に関連する情報がほとんど。

しかし、もっともモンスター発生地点に近い第1、第2砦は、それにばかり注目していることもできない。

モンスターは確かに大陸の奥を目指して進むが、必ずしもすべての個体が同じ行動をとるわけではないからだ。

知性が低いのが原因なのか、途中で移動をやめて周囲を徘徊する個体もいる。

また、中には群れのような状態になる場合もあるらしく、移動中に襲われることもあるという。今この瞬間もそんなモンスターたちが砦を攻撃していないとは言いきれない。

これは兵士たちを迎えに行く際に気をつけるようにレイグが教えてくれた情報だ。シンはキルモントの氾濫事情に詳しくないので、知らない可能性を考慮して声をかけてくれた。

その後、飛行を続けることおよそ3時間。アイテムを設置する部隊の兵士らしき人影が見えた。

「見たところ、設置は順調っぽいな」

「そうね。地面の下に強い魔力の塊《かたまり》がいくつもあるのを感じるわ」

ティエラの言うとおり、地面の下に一定間隔で大きな魔力の塊が存在しているのを、シンも感知した。

アイテムを細部まで知っているからか、魔力のラインが問題なく繋がっていることまでわかる。

「さて、モンスターと間違われないように準備しないとな」

シンはワイバーンに乗りながら、レイグから預かった皇国軍を表す旗を取り出した。

緊急連絡にワイバーンが使われることは周知されている。そこにシンの持つ旗が加われば、モンスターと間違われることはまずない。

シンたちを発見した兵士もすぐに旗に気づいたようだ。身振りで荒野の一点を指しているのは、そこに降りるようにということだろう。

「第1、第2砦の撤退支援のための転移場所を確保するために来ました。レイグ様から連絡はきていますか？」

「連絡は受けている。部隊の規模から、後方1ケメルほどの場所はどうかと考えているがいかがか？」

シンたちの名前と身分を確認した現場指揮官が、そう提案してくる。1ケメルと言っても、そこを中心に部隊が展開されるので、実際はもう少し近くになるだろう。

あまり離れすぎてもいざというときの対応に困るが、荒野は遮蔽物《しゃへい》がほとんどなく見晴らしもいい。異変があればすぐに気づける。

また、壁の出現時にあまり近くに兵士たちを展開するのもアクシデントの元になるかもしれないという考えもあるようだった。

「では、転移先を設定後、すぐに第1砦に向かいます。引き続き、作業をお願いします」

「任されよ。多くの民を守るための任務だ。完璧にこなして見せよう」

右腕を鳩尾《みぞおち》あたりに持ってくるキルモント式の見事な敬礼をし、現場指揮官は作業に戻っていった。

シンたちも宣言どおり転移ポイントを設定後、すぐにワイバーンに乗って第1砦を目指す。

到着までの時間は、およそ30分ほど。マップや気配察知でもわかっていたが、やはり誰もいない。

「もう出発したみたいだな。聞いてたよりもずいぶん早いような気がするけど」

王城での決議の後、軍全体にメッセージが飛ばされてから準備したとしても、時間は半日程度しか経っていない。レイグも砦の放棄となれば急いでもそれなりに時間がかかると話していたので何かトラブルでもあったのだろうかと心配になる。

ただ、本当に予想外のトラブルで第1、もしくは第2砦の兵士たちが危険にさらされている場合は連絡が来る手はずになっている。

それがない以上、今のところ予想以上に早く出発したか、せざるを得なかったといったところかとシンは考えた。

「移動した跡がある。見た感じ、モンスターに襲われて仕方なく逃げたっていうよりは、さっさと移動したって感じだな。まだ遠くには行ってないはずだ」

教会戦団と行動をともにしていたときに体験したアーツを使った移動をしているのは間違いない。ただ、兵士の数は多く、空を行くシンたちのほうが圧倒的に速い。

探知系スキルをフル活用して移動しながら周囲を探ると、5分としないうちに兵士らしき複数の反応と、それ以外のまばらな反応があった。

「最前線で戦ってるだけあって、指揮官の判断が早かったみたいだな。動きも統率が取れてる」

上空から見ているのもあって、隊列にほとんど乱れがないことがわかる。予想通り身体強化を使っているようだ。移動も速い。

シンにはそれが、教会戦団とともに移動したときより上のように感じられた。もしかすると、アーツではなくスキルを全体にかけているのかもしれない。危険な最前線だ、使い手のレベルも相応のものであるはずだ。

「それでも、避けられないものはあるか」

シンの視線の先、隊列を組む兵士たちに近づいては離れてを繰り返す集団がある。

レイグに教えられていた通り、徘徊していたモンスターの群れが移動する兵士に襲い掛かっているようだ。

兵士たちは移動を優先しているようで、モンスターを倒すために足を止めようとはしない。

直接兵士と戦っていないモンスターは、一部が兵士たちに固執せずに群れから離れているので無理に戦う必要はないと指揮官が判断したようだ。

「離れてる集団は俺がやる。ティエラは交戦してるやつらを援護してやってくれ。ユズハはティエラが撃ちやすいようにこいつを操ってくれ」

「くぅ、まかせて！」

「え、ちょっと!?」

手綱を人型に変わったユズハに任せ、シンはワイバーンから飛び降りた。全身で風を感じながら魔術スキルを起動、シンの手のひらの周りに拳大《こぶし》の雷球が発生する。

【飛影】を使って空中で体勢を整えながら、兵士たちと距離のある群れに狙いを定めた。

雷術系魔術スキル【ヒュージ・スパーク】。

拳大の雷球は群れひとつにつきひとつずつ飛んでいく。そして、群れの中心に落ちると一気に膨

張し、群れを荒れ狂う電撃が包み込んだ。

スキルが効果を失った後に残ったのは、焼け焦げた黒い死体だけだ。

兵士と戦っていたり、至近距離にいる群れ以外は【ヒュージ・スパーク】の連打であっけないほど簡単に壊滅する。

「何だあの威力……」

「総員警戒！　どこから撃ってきた」

「隊長！　そ、空から人が！」

群れが次々と焼かれていくのを見て、兵士たちが動揺する。

そんな中、兵士が空を指差して声を上げた。

一際立派な馬に乗って周囲を見ていた人物が、兵士の声を受けて空を見上げた。

そこへ、シンは降り立った。空中を移動して馬の横に着地し、そのまま並走する。

「第1砦の指揮官殿とお見受けします。私は第9砦より第1砦の兵士の撤退を支援するために来ました、シンといいます。兵士はここにいる者で全てでしょうか？」

周りの兵士たちの様子から、この人が指揮官だろうとあたりをつけて話しかける。

シンの突然の登場に周囲の兵士も含めて全員が驚いていたので、返事まで数秒かかった。

「……指揮官のグノーだ。確かにレイグ殿から緊急用のワイバーンで援軍がこちらに向かったとは聞いている。だが、詳しい話はモンスターの群れを撃退してからでかまわないかね？　移動途中で大きな群れが移動しているところに遭遇してしまってな。振り切ろうにもこの数だ」

「では、そちらを先に片付けてしまいましょう。移動の詳細は聞いていますか？」

「ああ、にわかには信じられなかったが、レイグ殿が言う以上信じるほかあるまい。何か追加の指示はあるのかね？」

今もモンスターの攻撃を受けているので、グノーはまずそちらの対処をしたいようだ。雷撃がモンスターだけを狙っていたのにも気づいたのだろう。

シンとしても、このままでは転移に支障が出るので今ここであーだこーだと細かな話をする気はない。

「とくにありません。ただ、移動方法は皆さんが止まっていたほうがいいので、モンスターを倒してしまいましょう。今こちらを囲んでいる群れを殲滅してしまえば、すぐに転移させられます」

「了解した。こちらとしてもいい加減やつらのしつこさにはうんざりしていたところだ。全軍停止！　モンスターの殲滅を最優先！」

情報伝達用の魔道具でも使っているのか。明らかに声が届かない場所にいる兵士たちも移動をやめ、襲い掛かってくるモンスターに剣を向け始めた。

グノーと同じく鬱憤がたまっていたようで、モンスターの数が少ない箇所などでは飛び掛かってくるモンスターを盾で殴り飛ばしたり、槍で滅多刺しにしたりしている。

軍属の勇士らしからぬ暴れっぷりだが、さりげなく互いをフォローできる位置取りをしているあたり、やはり歴戦の兵士ということなのだろう。

「あ、連れが空から攻撃していますので、あれには攻撃しないようにお願いします」

「徹底させよう」

指示をとばすグノーにうなずき、シンは跳躍した。

【飛影】で再び空へと駆け上がり、【ヒュージ・スパーク】で狙うには近すぎた群れへ向かう。

数の少ないところは兵士たちで十分殲滅できるので、向かうのはモンスターの数が多い場所だ。

モンスターの群れは、その多くが四足歩行する動物タイプ。本能でやっているのかヒットアンドアウェイで入れ替わりながら兵士を攻撃していた。

シンが向かった場所の兵士は無理に突出せず、堅実にモンスターを減らしている。

モンスターの爪や牙をときに盾で、ときに武器や鎧で的確に防いでいる兵士たちの頭上をシンは飛び越えた。

シンは反撃があまりないからか攻撃が大胆になっているモンスターの背後に音もなく降り立ち、『禍紅羅《かくら》』を一閃した。

突然背後に敵が現れるなど、考えてもいなかったのだろう。兵士へ襲い掛かろうとしていたモンスターは血煙とともに宙を舞った。

両断された首や胴が地面に落ちるより先に、シンはさらに『禍紅羅』を振るう。

『禍紅羅』の届く範囲以上の距離でモンスターが千切れ飛ぶ。

モンスターのほとんどがレベル200にも達していない個体なので、スキルを使わなくとも数を減らすのは容易だ。

攻撃方向は兵士のいない側を狙っているので、攻撃の余波で兵士にまで被害が出ることもない。

「後ろで待ち構えていたやつらは倒した！　残りは目の前にいるやつらだけだ！」

シンは驚く兵士たちを一喝する。

兵士たちが手こずっていたのはモンスターの戦い方もあるが、何より数が多かったからだ。

手傷を負わせてもすぐに別のモンスターが襲い掛かってくるうえに、全力で走るわけにもいかないので振り切れない。じわじわと外から削られる状況だった。

最前線で日々戦う兵士たちだ。モンスターのレベルが200前後くらいなら問題なく対処できる。

堅実な対処をしていたのは、シンの攻撃で群れの後続がどのくらい減ったのか確認できなかったからだ。

もっとも厄介だった数が減り、そのうえシンの登場でモンスターが動揺しているとなれば防御に徹する理由はない。こちらも他の兵士たちと同様に、一気にモンスターを殲滅していった。

「ここは問題ないな」

モンスターが比較的多く残っている場所は他にもある。シンはティエラとユズハが援護している場所を確認し、そことは距離がある場所に向かう。

シンたちの攻撃で全体の数が大幅に減ったところに兵士たちによる反撃を受け、モンスターの群れは速やかに殲滅された。

周辺に高レベルの個体や大きな群れがないことを確認して、シンはティエラたちとともにグノーの元に向かう。

「兵士たちへの援護、感謝する。いろいろと話したいところだが、まずはメッセージの件について聞かせて欲しい」

あまり長居すると、またモンスターの群れに襲われかねない。グノーはすぐにでも転移による移動を行いたいようだった。

「助かります。第1砦の部隊数は聞いていますので、各部隊ごとに集まっていただければすぐに始められます」

「それならば問題ない。先ほどの戦闘も部隊ごとにまとまって行っているからな。連携のために小隊単位でいくらか混在しているところもあるだろうが、分かれるだけならば時間はかからんはずだ」

「では、早速はじめましょう。転移先はすでに確保してありますから」

10メルほど距離を開けて、部隊ごとに集合してもらう。グノーの言ったとおり、ほとんど時間はかからなかった。

転移する部隊の中心にシンが立ち、結晶石に魔力を込める。周囲の景色が歪み、次の瞬間には指定してあった荒野へと転移が完了した。

「……あれは、アイテム設置班か」

転移が終わると、シンの近くにいた兵士がぽつりとつぶやいた。兵士たちの視線の先には、少し前にシンたちが話をしたアイテム設置班の兵士たちがいる。

シンからすれば当然だが、兵士たちにとっては呆然としてしまうほどの衝撃だったらしい。

「私は残りの部隊を転移させますので、皆さんはこのまま待機していてください」

「あ、ああ。了解した」

まだ驚きが抜けない部隊長に一声かけ、シンは転移する。戻ってみると、今度は残っていた兵士たちの視線が集まった。

「戻ってきた。本当に転移しているみたいだぞ」

「全員転移させる予定らしい」

「これがシュバイド様に選ばれた者の力か」

聞き耳スキルが兵士たちのつぶやきを拾う。

転移はまったく使われていない技術ではない。

ただ、ベイルリヒトの冒険者ギルドや王城にあった転移装置のように、今あるのは遺跡やかつてのギルドハウスに残っているものを転用したものがほとんどだ。

転移装置を自らの手で作る、任意の場所に転移場所を設定するといった技術は失われたとさえ言われている。

兵士たちの反応を見て、この世界で初めて転移結晶を使ったとき、ティエラも同じような反応をしたのをシンは思い出していた。

「残っている反応はなし。これで全員です。では、私は第2砦のほうへ向かいますので」

「よろしく頼む」

最後の部隊を転移させ、シンは戻る。

「次は第2砦だ。さっさとすませよう」

「了解よ」

ワイバーンに乗り、ティエラが腰に手を回したのを確認して飛び立つ。

「ん？　なんかワイバーンが光ってないか？」

飛び始めてすぐにワイバーンの体が仄《ほの》かに、だが間違いなく光っていることにシンは気づく。緑色の光をまとっているようだ。

「くぅ！　移動速度アップ！」

尻尾を振りながら得意げに言うユズハ。どうやらこれはユズハの仕業のようだ。

詳しく聞くと、移動速度上昇のスキルを応用して飛行速度を上昇させているという。

空を飛ぶことができなかったプレイヤーには、あまりない発想だ。召喚士や調教師《テイマー》をメインにしていたプレイヤーならば、思いついたかもしれない。

第9砦を出発したときから使わなかったのは、加減がわからなかったかららしい。間違えて墜落でもしたら大事《おおごと》だ。

ならなぜ今できているのかと言えば、先ほどの戦闘中に調整したから。

速度も高度も低く、敵も少なく、墜落してもティエラなら問題なく着地できる上に、ワイバーンが致命傷を負うこともなかったからだというが、無茶な話である。

「よくそんな状況で援護してたな」

「なんとなく加速するタイミングがわかったのよ。それに、無理な加速をしてたわけじゃないから振り落とされることもなかったわ」

弓での援護をしていたティエラにシンが言うと、そんな台詞が返ってきた。調教師《テイマー》の職業熟練度が上がっているのだろうかと思ったシンである。

「騎乗訓練なら、カゲロウに頼むのもいいと思うぞ」

会話が聞こえていたのだろう。

カゲロウが影から顔を出して、「自分には乗ってくれないのだろうか……」と言いたげな視線をティエラに向けていたので、フォローしておく。

あの場でカゲロウが出ると、モンスターの仲間と間違われかねないのでティエラの補助に徹してもらったのだ。

「そろそろ見えてきてもいいはずだけど」

ユズハの補助もあって、30分ほどで第2砦の近くまで来ることができた。

第1砦のときと同様に、一旦第2砦を目指しそこから部隊が進んだ方向へ転進する予定だ。

「ねぇ、ちょっといい？」

「っ、ど、どうした？」

移動中は静かだったティエラが話しかけてきた。スキルによって風圧が軽減されているので、大声を出さなくても問題なく聞き取れる。

少し間が空いたのは、体勢の都合もあって耳元でささやかれる形になったからだ。話しかけてきたタイミングも唐突だったので、シンは少々ドキリとしてしまった。

「気のせいかもしれないけど、第1砦の人たちを転移させた場所からここに来るまで、モンスターの気配が少し変じゃなかった？」

「変？」

モンスターの気配ならシンも探っている。しかし、いつもと違う感覚はない。

シンの感覚では、氾濫によるものだろうとそれ以外だろうと、モンスターの気配はほとんど変わらないのだ。

「具体的に、どう変なんだ？　モンスターがちらほらいるのは俺にもわかるけど、変だとはっきりわかるような感覚はないぞ」

「私の感覚だと敵意を持ってるモンスターとそうでないモンスターがいる……ような気がするの。はっきりとした感覚とも違うから、変って言ったのよ」

断言できるほどはっきりはしない。しかし、気のせいですませられるほど些細なものでもないという。

「ユズハは何か感じるか？」

「……敵意いっぱい。でも、それ以外のも混じってる？」

ユズハは小さく首をかしげながら、そんなことを言った。ユズハも、そんな気がする程度の感覚らしい。

「……第2砦の兵士を転移させたら、様子を見てみるか」

自分には感じられず、ティエラやユズハには感じられる。感覚的な問題だが、些細なことと切り捨てるのもどうかとシンは考えた。

『断界の壁』計画実行直前のこの状況。あとになって思わぬアクシデントの予兆だったなんてことにならないとも言いきれないのだ。

やることといえば、一旦地上に降りて気配のひとつに近づきどんなものか確認する程度のこと。何もなくとも、たいしたロスにはならない。

「集中して気配を探ってもらっていいか？　もし、はっきり違うとわかるやつがいたら、降りて確認したい」

「くぅ、がんばる」

「わかったわ」

ユズハはワイバーンの頭部に座り、耳と尻尾をピンと立てた。耳はわかるのだが、尻尾を立てるのは意味があるのだろうかと思う。

ティエラのほうはシンの腰に回した腕に力を込めていた。それに併せて、体の密着度が急上昇する。衣服ごしではあっても、いろいろと柔らかい。

「ええと……ティエラ？」

「こっちのほうが体の揺れが少ないの。見つけたときは声をかけるから、しばらくこのままでお願い」

「わかった。任せる」

ティエラの声は真剣そのものだ。後ろを見なくても、ふざけているわけではないのがわかった。変に意識するのはよくないと、シンも索敵に意識を振り分ける。背中に感じるあれこれは考えないことにした。

「集中してもらってるところ悪いんだが、第2砦が見えてきたぞ」

もともと近くまで来ていたこともあって、数分で第2砦が見えてくる。人影はなく、気配もない。マップでも反応はないので、第1砦と同じくすでに出発したようだ。

キルモント方面へ索敵範囲を広げる。

何も感じないところを見ると、かなり距離を稼いでいるようだ。移動する人数が多いので、地面にはっきりと行軍の跡が残っている。追跡は簡単だ。

「兵士たちを追う。途中で何か感じたら言ってくれ」

ワイバーンの飛行ルートをキルモント方面に向ける。5分ほど飛ぶと、感知範囲内に兵士らしき集団を見つけた。

「こっちはモンスターに遭遇していないみたいだな」

兵士たちに近づきながら、旗を出し大きく振る。応答するようにキルモントの旗が振られた。

シンは兵士たちの上を自分たちの姿が見えるように一回り飛び、近くの荒野へ着陸する。

着陸に合わせて移動してくれていたようで、兵士が左右に分かれて道ができると馬に乗った指揮官らしき人物がやってきた。

「私はシン。レイグ様の指示で皆さんを転移させるために来ました。連絡は受けていますか？」

「第2砦の指揮を任されている。アード・ディ・キルモントだ。メッセージは受け取っている。準備が出来次第、転移を頼む」

またしてもキルモント姓である。王族か、それに連なる人物なのかもしれない。

すでに部隊ごとにまとまっていたので、転移で移動するのは簡単だった。第2砦の次は第9砦に駐留していた近衛師団と教会戦団だ。

「では、転移をします」

「よろしく頼む」

全身鎧を身にまとったドラグニルにうなずきを返し、シンは転移を起動させる。先に転移させるのは第2近衛師団だ。

「やっぱり転移が使えると楽だね」

第2師団を移送し終えたシンに、ミルトが言う。ミルトは教会戦団とともに転移する予定だった。

「覚えるか？」

「そうしたいんだけど、覚えたら今以上に面倒ごとになるからやめておくよ」

シンがそう言うと、ちらりとライナたちに目を向けたミルトは、ため息を吐きながら返事をする。

武器の更新をしてからというもの、第2近衛師団からも声がかかるようになったらしい。

第2師団の指揮官を任されているドラグニルの装備は、すべて伝説《レジェンド》級中位か、下位だった。

それでも十分すごいことだが、ミルトの装備はそのはるか上をいく。そのうえミルト自身もそれを扱えるだけの強さがある。

装備のせいで全力が出せなかったミルトだったが、能力に耐えうるだけの装備を手に入れたことで戦闘力はさらに向上した。これだけそろえば、声をかけられないほうがおかしい。

「結婚の件はなにとぞ前向きにご検討いただきたく」

「その件につきましては、良き出会いがあることを祈っております」

ミルトのからかいにも少し慣れてきたので、神妙な顔で返事をする。

「うう、シンさんがつれないよ～」

「ならふざけるのはやめろっての」

よよよと泣き崩れるふりをしているミルトにぽんと触れる程度の力でチョップを入れる。こんなやりとりも、ゲームだったころを思い出して少し懐かしい。

「むむ、これはこれで楽しいけど、シンさんの反応が手馴れてきてなんか複雑。この作戦が終わったら、もっとすごいのを考えるよ」

「微妙にフラグっぽいことを言うな。さ、転移するぞ」

知り合いとはいえ、かけられる時間はこのあたりが限界だ。

シンは転移を起動して、教会戦団を転移させる。数回の転移で全員を移送し終えたシンは、ミルトにくれぐれも気をつけるように念を押してから、ティエラたちと合流した。

「ティエラたちはアイテム設置の手伝いを頼む。俺は念のためモンスターが来る方向に罠を仕掛けてくる」

状況によってはアイテムの設置を手伝うつもりだったシン。

だが、モンスターの進行速度を考えれば、すべてのアイテムを設置し終わる前に、『壁』が出現するラインを越えられてしまうのは間違いない。穴がある状態での起動は避けられないだろう。

穴ができるのはシンたちのいる場所なので、それを見越してモンスターの移動を妨害する罠を仕掛けて回る。

『エンド・ウォール』製作の過程でできた小型の『壁』を出現させるアイテムはその最たるもの。規模は小さいが妨害としては十分機能する。

他にも、ゲーム時代に製作したものの使うことなく死蔵していたアイテムの数々を実験もかねてばら撒くつもりだ。

設置したアイテムの位置は探知できるので、回収も容易だ。現実世界の地雷のように、設置したのはいいがどこにあるか正確な位置がわからない、なんてことにはならない。

「さてワイバーン君。君にはもう一働きしてもらうぞ」

シンの使用する罠の数々は、適当に空からばら撒くだけでいい。シンが走るよりもワイバーンで飛んでいったほうが速い。

話しかけられたワイバーンは、任せておけとばかりに大きく鳴いた。

「大体この辺か」

ワイバーンに乗って飛ぶこと20分。壁が出現するラインからかなり離れたところで、シンはアイテムボックスからカードを取り出した。

「周りに人が住んでないからできる戦法だな」

ワイバーンの進行方向を変えながら、シンはカードを投擲《とうてき》した。具現化したアイテムが地面に落ちる。

しかし、大きな音はなく土煙も立たない。水に石を落としたようにポチャリと地面に沈んでいくのだ。

アイテム設置をやりやすくするための機能のひとつで、適当にばら撒くタイプにはよく使われる。

ただ、狙ったところに確実に設置できるわけではないので、『エンド・ウォール』には使われていない。

設置しているのは、モンスターが近づくと土が隆起する効果が付与された罠。隆起する土が何を形作るかはランダムで、鋭い土槍のときもあれば謎の石像のときもある。

でかい上に何ができるか設置したシンでもわからないので、モンスターを混乱させるには十分だろう。隆起した土はそのまま障害物としても機能する。

味方の施設に設置する場合などは、敵味方の識別機能をつけるが、今回はついていない。数が多すぎて付けられなかったのだ。なので、一般人が近づいても罠は発動する。

このあたりに住んでいる者などいないので、気にしなくていいのは助かった。

戦いのあとも、ここに罠があると連絡しておけば、回収するまでの間に不用意に誰かが近づくこともない。

「一旦折り返すぞ。1ケメルくらい下がってから同じように飛んでくれ」

今回借りているワイバーンはかなり賢く、言葉も理解しているようだった。

騎乗スキルの影響もあるのだろうが、進路を口にして軽く手綱を引くだけで、シンの思った通りに飛んでくれる。

おかげでシンはアイテムをばら撒くのに集中できた。今度は爆発や凍結の効果を持つ罠だ。最初は足止めと混乱を狙い、こちらで確実に殺しにいく。

「できればもっと数が欲しかったが、これればかりは仕方ないか」

ばら撒きも想定してかなりの数を作っておいたが、いくらシンとて作れる数には限界がある。なるべく広範囲にばら撒いていた罠も、1時間ほどで尽きてしまった。

「あとは、時間との勝負だな」

残った時間はアイテム設置の手伝いだ。手分けしてアイテムをどんどん設置していく。

先に作業していた設置班やティエラたちは海側から、シンはワイバーンで大陸の途中まで設置されていたところまで移動してその後を引き継ぐ。

アイテムの製作時に散々やった作業だ。ゲーム時代もバラキアと同じようなことをしていたので、設置班よりも作業は早く、そして正確だった。

それでも、時間は足りない。

モンスターは歩みを止めない。

「明日、ですか」

作業を始めて数日。ついにその連絡が来た。『エンド・ウォール』起動の知らせだ。

偵察部隊の連絡役から現場指揮官に連絡が入り、作戦の要《かなめ》であるシンたちにもすぐに伝えられた。

「偵察に出ている部隊からの報告では、何事もなければ3日後の昼ごろにはこちらに到達するだろうとのことです」

指揮官の表情は険しい。この情報によって、『エンド・ウォール』の起動が決定された。壁にできる隙間は、およそ10ケメル。あと5日ほどあればふさぐことができた距離だった。

「間に合わなかったか」

「仕方ないわよ。もともとそういう話だったんだから」

シュバイドが厳しい目で地図上のモンスターの位置を示す駒を睨む。その様子に、フィルマが小さく首を振りながら言った。

この数日の間に、シュニーたちも合流している。シンやシュニーがアイテム設置の手伝いをしている間に、フィルマとシュバイドがワイバーンでモンスターの確認もしてきた。罠も設置し、皇国軍と教会戦団による防衛線も構築済みだ。

念のためラシュガムの移動もさせていたが、ラシュガムの移動速度と浮かんでいた場所の都合でまだ到着していない。

どの道、武装の点検もできていないので戦線に投入するのは難しいだろう。

ラスターによると、見たかぎりでは不備はないという。長年ラシュガムの整備をしていたラスターの言ならば信用できるが、現場に到着していないのではどちらにしろ使いどころがない。

「モンスターの群れって、今どうなってるの?」

「少しモンスターごとの傾向が出ているようです。ヘルトロスの率いたモンスター群は複数の群れを作っているようですね。ヘルトロスを頂点として、さらにその配下がそれぞれ部下をまとめているといったところですか」

セティの質問に資料を受け取ったシュニーが答える。群れを率いる特性があるだけあって、統率が取れているようだ。進む速度も一番速い。

「セルキキュスは自身の周囲をモンスターでかためて移動しているようです。おそらく、盾代わりにする気でしょう。セルキキュスに全体があわせているので、移動はさほど速くありません。場合によっては、合流される前にヘルトロスの群れを倒しきれる可能性もあります。ヘルトロスとは違う形ですが、こちらも統率が取れているといっていいでしょう」

セルキキュスを囲んでいるモンスターの中には単独行動するタイプもいるようだが、群れから離れる様子はなかったという。

「知能が低いって話だし、強力な個体に素直に服従してるのかしら？」

「かもしれないわね。モンスターだとリーダーは強いっていうのが当たり前だし」

モンスター同士で戦っていたのは間違いない。

レベルアップが知能の上昇を促すかは不明だが、力関係をはっきりさせるには十分だろう。

分類が昆虫だろうが、この世界ではモンスターという括《くく》りのうちのひとつ。昆虫の性質が必ずしもあてはまるわけではない。

シンの知るかぎり、モンスター内の序列は完全な実力主義。セティとフィルマの力による支配説は十分ありえた。

この二つが同時に襲来し、ヘルトロスが群れを率いて突撃、セルキキュスが砲撃なんてことになれば、こちらの被害が一気に増えるのは間違いない。

可能ならば、別々に相手にしたいのがシンたちの共通の考えだった。

「あとは、ゲルゲンガーか」

不定形モンスターの正体も、直接見ればわかる。そして、見た結果がシンの口にした名前だった。

ゲルゲンガーはスライムの一種であり、ひたすら防御に特化したモンスターだ。

打撃のダメージを十分の一にする、魔術を反射するなど、ダメージを少なくすることにかけては全モンスターの中でもトップクラス。

代償として攻撃力が恐ろしく低く、ゲーム中では倒されないが倒せないなんてことがよく起こっていた。

ノンアクティブ――プレイヤーから攻撃をしなければとくに敵対することのない性質で、他のモンスターに攻撃されてもぽよぽよと地面を転がっていくだけ。

シンも戦ったことがあるが、刀を向けてもふゆんふゆんと弾むだけ。不定形モンスターによくあることで、攻撃する意思がまったく感じられないのだ。

プレイヤーによっては上（背中？）に乗せてもらったなんてこともあるらしく、不思議系モンスターなんて呼ばれ方もしていた。

「こいつは、襲ってくるのか？」

「おそらくな。我の知るかぎり、氾濫で発生したモンスターは元が好戦的でないものであってもこちらに攻撃をしてくる。この個体だけ例外と考えるのは危険だろう」

「……まあ、こっちの攻撃力が勝ってれば簡単に倒せるやつだからいいんだけどな」

シンの知るかぎり、ヘルトロスのような俊敏性や統率力もセルキキュスのような強力な遠距離攻撃能力もない。

倒しにくい相手だが、明確な弱点もある。

単純な防御特化の欠点である、『防御力を上回る攻撃』の前では為す術もないのだ。つい楽観視したくもなるというものである。

ただ、少し違和感もあった。ヘルトロスとセルキキュスはどちらも攻撃的だというのに、ゲルゲンガーは能力的に逆方向に向かっている。

モンスター同士の争いで生まれたと考えると、どうにも腑に落ちない。他者を圧倒する戦闘力があってこそ、勝ち残って強力な個体になるはずなのだ。

「配置はどうしますか？　現状では、ヘルトロスの率いたモンスターがもっとも早く着くと思いますが、セルキキュスのことを考えると壁の近くで迎え撃つのはあまり得策でないように思えます」

シュニーの声に、シンは深く考えるのをやめた。

現状では根拠になりそうなものが思い浮かばない。何より、モンスターへの対策が今一番重要だ。

シンたちはともかく、後方に展開する兵士たちはセルキキュスの砲撃には耐えられないだろう。

一撃で防衛線が崩壊なんてことにはならないが、攻撃の届かない場所からの一方的な攻撃を受け続ければ壊滅するのは確実だ。

「俺たちを狙ってくれるのが一番なんだよな。そうなると、足の速い俺やシュニーで前に出て、シュバイドたちは砲撃に備えてもらうか？」

「いや、いくらシンの作った盾でも軍をすべてカバーすることはできん。幸い、セルキキュスは一体だ。こちらから近づいて射線を遮ればどうにかなろう」

シュバイドの提案にシンもうなずく。

下手に距離をとるとどこを狙われるかわからない上に、カバーも間に合わない。ならば、それができる距離に近づくしかない。

「なら、あたしがシュバイドについていくわ。セルキキュス以外はそこまで長距離の攻撃はできないし、できるやつがいてもまとめて焼き払っちゃえばいいのよ」

やる気を滾《みなぎ》らせながら、物騒な発言をするセティ。

少々脳筋な感じだが、シュバイドという現状最高の盾役の後ろから魔術特化のセティが魔術を撃ちまくるというのは、決して間違った選択ではない。

「なら、2人には最初からそっちに向かってもらうか。計算上、セルキキュスの砲撃でも壁は破壊できないけど、実際に攻撃を食らってまで試したくはないからな。潰せるなら早めに潰したい。ヘルトロスは俺とフィルマでやろう。ティエラはカゲロウと一緒に俺たちの攻撃からもれたモンスターの掃討。シュニーはティエラの支援をしつつ、何かあったときのために壁と俺たちの中間地点で待機でどうだ？」

すべてをシンたちで、などとは考えていない。

モンスターの目的が壁の向こうに行くことならば、おそらく相当数がシンたちの横を抜けていくだろう。そこは皇国軍と教会戦団に任せる。

兵士たちはモンスターにただ狩られるだけの一般人ではない。

シュニーを温存するのは兵士たちを守るためもあるが、想定外の事態が起きたときのためという意味合いが強い。待機といっても実際はある程度戦ってもらうことになる。

なお、ユズハの名前が呼ばれなかったのは、シンと行くのが事前に決定していたからだ。

シンたちを無視して、モンスターが壁の空白部分に向かう可能性もある。

一番足の速いヘルトロスについてくるモンスターがシンたちの間を抜ける可能性がもっとも高いので、それをカバーしてもらう予定だ。

「では、その方向で話をしに行きましょう」

シンたちの話し合いの結果が全体の行動指針になるわけではない。結論は皇国軍や教会戦団のメンバーとの話し合いで決まる。

仮に結果が同じであっても、勝手に決めるわけにはいかないのだ。

「実際は他にやりようもないんだけどね」

「こら、声がでかいぞ」

移動後、指揮官たちと話し合うシュニーやシュバイドを見ながら、シンはミルトと話す。

味方の被害を少なくしつつ、モンスターの侵攻を阻む。それを最重視すると、どうしても似たようなやり方になってしまうのも事実だった。

レベルや装備の質などが大きく影響するせいで、戦術や戦略でどうにかするにも限界がある。

人同士の戦いとも違うので、考えてもいなかったことをしてくる可能性も考慮しなければならない。

「考えてみると、やっぱりゲームそっくりの世界っていろいろ変だよね」

「それは今更だ」

レベルなどその最たるもので、ゲームならプレイヤーを長く楽しませるための要素のひとつですむ。しかし、現実になるとただの縛りプレイだ。

安全に一気にレベルアップなどそう簡単にできないのだから、まともに戦えば人類がモンスターに追い込まれるのもある意味当然と言える。

「でも、ゲームそっくりだからこそできることもある」

たった1人、もしくは少人数で数百、数千というモンスターと戦える。戦局を変えられる。

そんな夢物語が、実現できる。

「話は決まったみたいだな」

「そうだね。じゃあ、張り切っていこうか」

こちらを見てうなずくシュバイドに、シンはミルトの言った通りの結果になったのを悟った。

猶予はあと3日。

かつてないモンスターの大群が、迫っていた。

†

「来たか」

モンスターの上げる土煙。それを見ながら、シンは言った。

シンがいるのは、罠を仕掛けて回った場所のさらに後方1ケメル。予想通り、最初にやってきたのはヘルトロス率いる動物タイプのモンスター群だった。

先頭を走るのはもちろんヘルトロス。

ただ、情報にあったものとは少し違う。左右の首、そのどちらも元の大きさとは比較にならないほど大きく発達している。

そのうえ、むき出しの牙が首の付け根あたりまで伸びていた。

「途中で進化でもしたのかね」

――ヘルトロス・ガルズ　レベル840
頭部だけでなく、体全体が平均的な個体より二回りは大きい。

速度と筋力の上がった、上位個体だ。口は首を越えて胴の先端あたりまで開く。体の三分の一は口とまで言われる。

『ヘルトロスが上位個体になっているのを確認した。セルキキュスとゲルゲンガーも同じかもしれない、各自気をつけろ！』

心話で注意を促し、後方の部隊にもメッセージを送っておく。

突破させるつもりはないが、他のモンスターも強化されている可能性はある。

ただでさえ数が多いのだ、知らずに闘えば痛い目を見るだろう。

「最初の獲物は、あれよね？」

フィルマが『紅月』を肩に乗せてヘルトロス・ガルズを見る。やる気満々だ。

「ああ、リーダーがいるかいないかじゃ、厄介さが段違いだからな。ユズハは抜けていくモンスターを頼む。最初に一発入れるが、あれを倒すまでに結構抜けられると思うから」

「任せてもらおう！」

シンの隣で本来の大きさに戻ったユズハが叫ぶ。

完全にとは言えないが、本来の姿に近づいているため尻尾を除いても全長10メル近い巨体だ。

精神的な部分も肉体に合わせて成長しているのか、返事もいつもの子どもっぽさがない。最上級モンスターとしての威圧感のほうが強かった。

敵と間違われないように皇国軍や教会戦団の前で変身したときなど、指揮官級の兵ですら数歩後た。


ろに下がって身構えたくらいだ。

「まずは一発、でかいのを撃ち込む。フィルマは連絡員にメッセージを送ってくれ」

シンたちの後方。仰ぎ見なければならないほど高く巨大な『壁』を振り返りながら、シンは言った。

モンスターの進行速度と迎撃準備。その両方を加味して、限界まで作業を行い、『エンド・ウォール』を起動したのが1日前。

振動とともに空へと伸びていく巨大構造物はまさに圧巻の一言だった。

高レベルモンスターの侵入さえ許さぬ。

見る者にそう確信させる圧倒的質量と存在感。これまで多くの巨大モンスターを見てきたシンでさえ、思わず感心してしまう光景だった。

かつての友人が人生をかけて作ったアイテム。その集大成が多くの人を守るために聳《そび》え立つ。

他の砦から出撃していた部隊からも、壁の出現を知らせる報告が届いていた。

壁に不具合がないことも、シンや兵たちにやる気を出させる理由のひとつだ。

もしどこかに穴があれば、そちらにも誰かを向かわせなければならなくなっていたところ。

それもないので、ここさえ守りきればと全体の士気も高かった。

「返事が来たわ。いいわよ！」

「いくぞ！」

シンの体から、魔力がほとばしる。選択したのはかつてバルメルでシュニーが使用したのと同じ【ブルー・ジャッジ】だ。

雷撃が地面に落ちてから広範囲に広がるため、設定範囲以上の被害を与えることができる。とにかく数を減らしたい、そんなときにぴったりのスキルだ。

薄い雲がぽつぽつと浮いている程度だった空が、黒々とした雲に覆われる。そこから落ちてくるのは、青く澄んだ雷。

遠くから見るだけならば、美しいともいえる光景。しかし、真下で受けるならば、天災以外になんと言おう。

ヘルトロス・ガルズ率いるモンスターの大群は、その統率力ゆえか全体的に密集気味の状態で移動していた。

シンからすれば、【ブルー・ジャッジ】を撃ち込んでくれといわんばかりの状態だ。

空から落ちた雷は、ヘルトロス・ガルズのやや後方、モンスターのもっとも密集している場所に直撃した。

【制限《リミット》】を完全に取っ払った、シンの全力の一撃である。その規模と威力は、シュニーの放った【ブルー・ジャッジ】の倍以上。

【ブルー・ジャッジ】を目撃した皇国軍兵士が後に、『雷が落ちるというよりも、青い光の柱が撃ち込まれているようだった』と話すほど、それはこの世界の常識から外れた光景だった。

「わかってたつもりだけど、それでも想像以上というしかないわね……今ので大半が吹き飛んだんじゃないの？」

「群れの真ん中にぽっかり穴ができた感じだな。でも、これだけやってもまだ半分以上残ってる。何日も湧き続けてたっていうのは、伊達じゃないらしい」

シンの攻撃で倒れたのは、ヘルトロス・ガルズについていけるだけの脚力やレベルをもった個体だろう。

攻撃で開いた穴は、後方から来たモンスターがすぐに埋めている。マップは【ブルー・ジャッジ】の効果範囲の後方はほぼ真っ赤。

わかっていたことだが、それでも冗談だろうといいたくなるほどの数だ。

ただ、シンの感知能力でわかる範囲ではレベルが一回り下がっているように感じられる。さすがにすべての個体が高レベルとまではいかないらしい。

「じゃあ、ここからはひたすら持久戦ね」

「そうだな。もう一発といきたいけど、無理っぽい。あ、一応言っとくけど、罠を仕掛けた場所には行くなよ？　あいつらがしっかり罠にかかってから突撃だ」

可能ならひたすら【ブルー・ジャッジ】を連打するだけなのだが、スキルを放とうとしても発動する気配はない。放出された魔力が霧散している。そんな感覚があった。

ただ、意味もなく消えているというわけでもないともシンは感じていた。

この世界に来てから続けている魔力制御訓練の成果か、以前とは何かが違う気がするのだ。漠然としているので言葉にはできないが、同じではないということだけは確信がある。

「時間があるときにでも、要検証だな」

「どうかしたの？」

「いや、なんでもない。さて、罠はどの程度機能してくれるかね」

【ブルー・ジャッジ】が炸裂しても、ヘルトロス・ガルズは速度を落とすことも振り返ることもなかった。

周りのモンスターたちもそうだ。倒れ、傷ついた個体には目もくれず、一直線に走り続けている。距離的に見えていないはずのシンたちのほうへ、まっすぐに進んでいるあたり、標的はすでに定まっているのかもしれない。

シンたちの後ろには、『壁』のない空間がある。

「ためらいがない」

ヘルトロス・ガルズを先頭に、モンスターたちが罠の仕掛けられた領域に足を踏み入れた。

魔力探知か野生の勘か。

ヘルトロス・ガルズは地面から突き立つ土槍や謎の石像の数々を機敏な動きでかわしていく。さらに、胴体まで裂ける大きな口を開き、そこから雷をまとった炎を吐き出した。

モンスターの吐くブレスは、炎に見えても普通の炎と違う。意思ひとつで性質が変わることもある。

ヘルトロス・ガルズのブレスもその例に漏れず、地面を這うように進みながら大地を焼き焦がし、シンが仕掛けた罠を破壊していた。

「罠に気づいていたみたいね。最初からああしなかったのはかわせばいいからかしら」

「だろうな。もともと速度を落とさせるためのものだし。本命のほうをしっかり壊すのはさすが上位個体ってところか」

後ろからついてきていた他のモンスターは、土槍に貫かれる個体もいれば、オブジェにぶつかったり足を引っ掛けて地面を転がったりする個体もいる。

華麗にかわしているのは全体で見ても一握り。ヘルトロス・ガルズの近くを走っていた個体ほど、その傾向が強いようだ。

だからといって、同じように罠を破壊できるというわけでもない。

ヘルトロス・ガルズの開いた道を進んでくる個体はいいが、それ以外はことごとく罠にはまり、自分を含めて周囲に被害を出している。

爆発で四散するもの、凍り付いて砕け散るもの、地面に沈み込んでいくもの。

多種多様な罠の数々は、阿鼻叫喚《あびきょうかん》ともいえる惨状を作り出していた。

「あらためて見ると、えげつないわね！」

炎をまとった『紅月』を一振りし、灼熱の剣閃を飛ばして数体のモンスターをまとめて灰にしながらフィルマが言う。

罠が効いているので、飛び出してくる個体はまだ少ない。遠距離攻撃で多少削る程度でどうにかなる。

まっすぐにシンたちに向かってこないのは、かなり距離があるからだ。

シンたちは視認できる距離を伸ばすスキルを使っているのでモンスターがよく見えるが、相手側はそうもいかない。

「そりゃあ、凶悪なモンスターを倒すような対上位プレイヤー用の罠だからな」

罠を壊さないようにピンポイントで攻撃できる魔術スキルでちまちま削る。罠が効いているうちだけの節約だ。

それも、長くは続かない。罠を破壊しながら進んでいたヘルトロス・ガルズが、ついに罠の仕掛けられた地域を抜けてきた。

「時間はかけていられない。さっさと潰す。ユズハ、他のやつは頼んだ！」

「応ッ！」

ユズハが大きく吼える。大気を震わせる咆哮に、ヘルトロス・ガルズに率いられていたモンスターたちの動きが乱れた。

現在のユズハのレベルは、力が馴染んだからかすでに９００を超えている。

いつの間に増えたのか、尻尾は八本だ。すでに凶悪な気配を撒き散らしているのだが、これでもまだ完全体には程遠いという。

猛るユズハに後を任せ、シンとフィルマはヘルトロス・ガルズに向かって走る。

シンの手に握られているのは反りのない片刃の長刀。鍔の位置には四方から獣の牙を模した突起が前方に伸び、見る者に獲物に襲い掛かる際の肉食獣のような印象を与える。

古代級《エンシェント》上位の刀、名を『牙狩《きばがり》』という。

四足獣タイプをはじめとした動物型モンスターへの特攻に能力の大部分を裂いた、シンの持つ武器の中でも選りすぐりの、獣殺し《ビースト・キラー》の力を宿す刀だ。

『っ⁉』

ヘルトロス・ガルズを含めて、シンの前方で一定範囲内にいたすべてのモンスターがシンのほうを向く。まだシンを視認できる距離ではない。

しかし、その目にシンの姿が映っていなくとも、向いている方向は皆同じだ。

その理由は、シンの持つ『牙狩』にある。

特攻武器は、その特攻性能を強化すればするほど、その対象から注目――ゲームで言うところのヘイト――を受けやすくなってしまうのだ。

ユズハいわく、武器が殺意を向けてくるらしい。

もともと襲来するモンスターの傾向がわかっていたので、シンはそれぞれに対して特攻能力を持った武器を強化していた。

『牙狩』を含め、シンのアイテムボックス内にある特攻能力のついた武器は、ゲーム時よりもさらに凶悪になっている。

そして、性能の上昇に合わせてヘイトも集めやすくなっているというわけだ。

シンは向けられる視線を気にせず、『牙狩』を構える。

切っ先をヘルトロス・ガルズに向け、一息に突いた。届くはずのない距離を、『牙狩』から発されたかすかな光が埋める。

「さすがにかわすか」

距離がある上に、シンの放ったそれは通常よりも速度がある。それでも、ヘルトロス・ガルズは射線上から身を翻していた。その動きには、まだ余裕がある。

『牙狩』から飛んだのは、刀術系武芸スキル【刀当《とうあて》】による遠距離斬撃の一種だ。

突きによる攻撃をそのまま前方に飛ばすスキルで、攻撃範囲は狭いが視認されにくく、狙撃にも似た使い方のできるスキルのひとつでもある。

斬撃系の武器に限らず、名前が違うだけで効果が同じというある種の共通スキルは珍しくない。

シンの放った【刀当】をかわしたヘルトロス・ガルズは、攻撃の方向を探知してシンのほうを向く。

ヘルトロス・ガルズへと向かっているのはシンとフィルマだけ。攻撃の方向から、スキルを放ったのがシンなのはすぐにわかっただろう。

牙をむいてシンに向き直ったヘルトロス・ガルズ。様子が変わったのはその数秒後。

その場で足を止め、シンをじっと見つめてくる。距離はかなり近づき、もう視認できているだろう距離だ。

「なんだ？　動きが止まった？」

止まったのはヘルトロス・ガルズだけではない。ヘルトロス・ガルズに率いられて進んできた多くのモンスターも、その足を止めたのだ。

罠によって火傷《やけど》を負っている個体も、体の一部が凍っている個体も、土槍に貫かれている個体でさえも、シンを、シンだけを見ている。

見えていないはずの場所にいる個体もそうだ。見られているシンだからわかる。この場にいる味方以外のすべての視線が、自分に集まっていると。

「ねぇ、シン。特攻武器って、こんなにヘイトを集めやすかったかしら？」

「それにしては、ちょっと様子が違うな。それに、明らかに効果範囲外の奴らまで止まってる。どうなってるんだ？」

さきほどまでモンスターのうなり声や悲鳴、爆発音や甲高い氷結音まで聞こえていた戦場が、静まり返っていた。爆発による砂塵や煙が、風に乗って薄れていく。

剣を構えてやる気を見せていたフィルマも、モンスターたちの反応に困惑しているようだ。声に戸惑いが混じっている。

シンもそうだ。『牙狩』の効果範囲の話もそうだが、モンスターのヘイトを自分に集めるスキルも、シンは使っていない。

ヘルトロス・ガルズたちの反応は、今まで見たことがないものだった。まるで群れ全体がヘルトロス・ガルズの視覚を共有でもしているかのような反応。

『――――』

ヘルトロス・ガルズの口が動く。視力を強化していたこと、群れの首魁であるヘルトロス・ガルズを注視していたからこそシンは気づいた。

うなるのとは違う。ただ口を開閉しただけとも違う。CGによくある、動物が言葉をしゃべっているときのような不自然な動き。

『WOOoooooooooooooooooo――――!!』

数分にも満たない空白の時間。様子を見るべきか、チャンスと考えて攻撃するべきか悩んでいたシンたちより先に、ヘルトロス・ガルズが動いた。

左右の首、その両方で大きく吼える。モンスターが動きを止めたことで静かになっていた戦場で、それは長く遠くまで響いた。

『見つけた、と言っている』

ユズハから心話が届く。ヘルトロス・ガルズは系統的にはユズハに近い。なので、遠吠えは言葉として聞き取れる。

「見つけたって、シンのことかしら?」

「そうなんだろうな。あれだけ見られてたんだ。まさかこれのことじゃないだろうさ」

右手の『牙狩』をちらりと見て、シンはフィルマの疑問に答える。

特攻武器は、能力の種類や特効倍率を別にすればさほど珍しい武器ではない。

ヘルトロス・ガルズたちにとっては危険極まりない武器であっても、『見つけた』という表現はしないだろうとシンは思った。

「ま、攻撃準備に使える時間がもらえたと思うことにするかね!」

シンを中心にして、地面に魔術陣が浮かび上がる。シンとて何もしていなかったわけではない。ヘルトロス・ガルズ以外のモンスターへの攻撃用に、ひそかに魔術スキルを発動していた。

無詠唱で、威力の減退なく魔術スキルが使えるシンがわざわざ魔術陣を設置したのは、MPを注ぎ込むことでシンが離れたあとも継続して魔術スキルを放ってくれるからだ。

ちょっとした砲台代わりである。

「ちょっと変な間があったけど、やることは変わらないわね」

シンが魔術陣の攻撃設定をしている間に、フィルマがヘルトロス・ガルズに向かって跳ぶ。

魔力噴射による高速移動はもはや飛行と言っても過言ではない。

時間をかけすぎるとモンスターに囲まれるが、その機動力があれば周りを囲まれても脱出は容易だ。

まずは一太刀と、炎をまとわせた『紅月』で正面から斬りかかる。

しかし、相手も高レベルモンスター。いくら機動力があるとはいえ、剣の軌道がはっきりと見える状況ではクリーンヒットは望めない。

ヘルトロス・ガルズは身を低くし、空気を焦がす一撃を余裕を持ってかわした。

『紅月』はシンの手によってバージョンアップされた最新版。受け止めるだけでも危険だと察したのかもしれない。

「つれないわね」

魔力噴射の勢いのまま進むフィルマとヘルトロス・ガルズが交差する。

『紅月』を振り抜いた反動とフィルマ自身の重さ、そして魔力噴射による加速。腰にナイフなどのサブウエポンを装備していないフィルマは、一撃をかわしてしまえば魔術スキル以外の追撃はできない。

ヘルトロス・ガルズがそう考えていたのかまでは定かではないが、ことさらフィルマに注意していなかったのは間違いない。

そこに油断があった。

振り切った、かわしたはずの『紅月』が頭上から襲い掛かってくるのをかわしきれなかったのだから。

「野生の勘ってやつかしら？」

傷を負っても走り続けるヘルトロス・ガルズを追いながら、フィルマはつぶやく。

『紅月』は左の頭を潰す軌道を描いていたが、ヘルトロス・ガルズは刃が当たる直前で身をひねり、それを避けていた。

だが、完全にかわしきったわけでもない。正面から斬りかかった時とは違うエメラルドグリーンの炎をまとった刃は、ヘルトロス・ガルズの背に大きな傷跡を残している。

「ここまでやっても無視されると、ちょっとプライドが傷つくわね」

決して浅くない傷だ。それを負わせたフィルマにヘイトが移ってもおかしくない。

しかし、ヘルトロス・ガルズは止まらなかった。それどころか、フィルマに視線を向けることすらしない。攻撃も致命的なものを避けたという雰囲気だった。

『さっきの遠吠え、何か特別なスキルだったのかしら』

『状態異常も、バフもかかってる様子はないんだけどな』

フィルマの心話に応えながら、シンは向かってくるヘルトロス・ガルズに向け『牙狩』を構える。

特攻武器を向けられたモンスターは武器を警戒するものなのだが、そんな様子は一切ない。

『こっちを見る気がないって言うよりは、本当に見えてないって感じね。視界に入れば多少反応するけど、あとは本能で最低限の警戒だけしてるってところかしら！』

追撃の手は緩まない。シンにむけて走るヘルトロス・ガルズに、再びフィルマが攻めかかる。

先ほどとは違い、剣より先に光る鎖がヘルトロス・ガルズに伸びた。

拘束系スキルの中でも抜群の拘束力を誇る『アーク・バインド』だ。

レベル800を超えるヘルトロス・ガルズといえども、これを受ければ足を止めざるを得ない。

鎖自体の強度も高く、破壊するのは困難。となれば、選択するのは回避。

迫りくる光の鎖は左右に大きく広がり、ヘルトロス・ガルズの逃げ道を塞いでいく。だが、完全に包囲されるより早く、ヘルトロス・ガルズは大きく跳躍した。

「やっぱりそうきたわね」

跳躍した先で、フィルマが『紅月』を構えてそう言った。

今のヘルトロス・ガルズに、後ろに下がるという選択肢はない。そう判断して待ち構えていた。

『紅月』の刀身を包むのは金色の炎。空中で一回転しながら振り下ろされる様は、舞い散る火の粉と相まって黄金の翼をはためかせる鳳《おおとり》のようだった。

三種混成複合スキル『金翔鳥王剣』。

それは剣術、炎術、光術の複合スキルにして剣術の至伝のひとつ。

ヘルトロス・ガルズに、空中を移動する能力はない。右上段から振り下ろされた黄金の剣は最期の足掻きと繰り出された左頭部の牙を叩き折り、そのまま止まることなく胴体を両断した。

スキルはそれだけでは止まらない。

フィルマはその場でさらに回転し、振り下ろした『紅月』に遠心力をのせて、右下段からの切り上げを繰り出す。

残っていた右頭部も断ち切られ、ヘルトロス・ガルズは完全に動きを止めた。

相手の上を取ってからの、空中二段斬り。それが、『金翔鳥王剣』の型だ。

しかし、リーダーを失ったモンスターたちにとっての不幸はまだ終わらない。

『金翔鳥王剣』は刀身にエネルギーを集中して、強力な斬撃を相手を叩き込む技。相手が強ければ強いほど、剣にまとわせたエネルギーの消耗は増える。

ただ、今のフィルマが繰り出す『金翔鳥王剣』は、スキルの型どおりに二回剣を振った程度で消費しきるほど軽くなかった。

ステータスの上昇と武器の強化、それらも相まってフィルマ自身が想定しているよりはるかに威力が上がっていたのだ。

ヘルトロス・ガルズの体を両断した『紅月』の軌跡が、金色の斬撃となって後方から迫っていたモンスターへと飛んでいく。

斬撃が着弾した場所から前方に向かって、放射状に金色の火の粉が散った。

見た目は綺麗なものだが、それに触れたモンスターは瞬時に燃え尽きていく。わずかな火の粉が付着しただけで大型犬以上の体躯を持ったモンスターが骨も残らない。

モンスターからすれば、圧倒的熱量を持った炎が迫ってくるようなものだ。普通のモンスターならば、一目散に逃げだしている。

「スキルの威力が上がってるっていうか、上がりすぎてるわね。今はありがたいけど、あとで少し試し切りしておかないと」

訓練中に加減を間違えると危険だ。今回は、全力を測るのにいい機会と言える。

「それにしても、足を止めるどころか躊躇《ちゅうちょ》もしないのね」

重力に引かれて地面に降り立つ前に、フィルマは眼下のモンスターたちを見て言った。

舞い散る火の粉が見えていないのか。迂回することもなく次々と火達磨になっていくモンスターを見て、その異様さにフィルマは表情を厳しくする。

地面に降り立ち、『紅月』を構えなおす。リーダーであるヘルトロス・ガルズを倒しても、モンスターたちの足は止まらない。

こうなると、襲ってくるモンスターすべてを倒す以外に、方法はなかった。

少し離れた場所に、火球が着弾する。

50セメルほどの火球からは想像もできないような大爆発があちらこちらで炸裂した。シンの設置した魔術陣が、本格的に攻撃を開始したのだ。

放たれるのは火球だけではない。

周囲に雷を撒き散らす雷球。地面を凍らせ、それに触れたモンスターも凍らせる氷球。目に見えにくく、当たれば炸裂してこれまた無色の刃を撒き散らす風球など、様々な属性の魔術が飛んでいく。

わずかに時間をおいて、モンスターの密集している場所に明らかに込められた魔力量の違う青白い球体が着弾した。こっちはシンが直接放ったものだ。

モンスターに着弾すると、そこを中心に一気に地面が凍りついていく。

凍った地面に触れたものも数秒で凍らせるところまでは同じだ。違うのはその効果範囲と、凍りついたモンスターが攻撃を受けたわけでもないのに粉々に砕け散ること。

着弾点の周りでは、モンスターが砕けたことで生じた微細な氷の粒によってダイヤモンドダストのような輝きが生まれていた。

「この程度じゃ、減ったうちに入らないか」

すでに数百単位で削っている。それでも、見渡すかぎりのモンスターが途切れる様子はない。

「このまま俺がここに残ったら、他のやつらも寄ってくると思うか?」

「守る側としては楽でいいけど、そんなに都合よくいくかしら?」

シンへの異様な注目。それがヘルトロス・ガルズとそれが率いていたモンスターだけなのか。それとも今大地を駆けているだろう他のモンスターもなのか判断がつかない。

武器を振るい魔術を放ちながら、シュバイドたちへと確認を取ろうとしたそのとき、それは来た。

シンの直感が自身への攻撃を感知。振り向いた先には、視界を埋め尽くす白光。回避は間に合わないのは考えるまでもなかった。

「うおぉおお⁉」

驚きに声は上がるが、それとは別にスキルを発動して迎撃を試みていた。考えるより先に体が動くとはこのことだろう。シンの左側から襲来したそれに、『牙狩』に添えていた左手を裏拳の形で振りぬいた。

シンの体を丸ごと呑み込めるほどの巨大な白光に対して、その拳はあまりにも小さい。

しかし、咄嗟に繰り出したとはいえ、拳を操っているのはシンだ。拳にまとう魔力量は文字通り桁が違った。

白光と拳が激突する。

シンの周囲にいたモンスターの一部を消し飛ばしてなお威力の減衰しないそれに、拳が打ち負けることはなかった。それどころか、拳に触れる寸前で白光は透明な壁にでもぶつかったように散り散りになっていく。

白光は拳を中心に楕円形に散っていくので、シンの足には細かくなった白光が当たっていたが、強化された防具には焦げ目ひとつ残らない。

至近距離で受けた状態でもシンは熱を感じることはなく、仮に直撃していても防具の性能だけで防ぎきれていたなと内心ほっとしていた。

性能面について理解はしていても、やはり直接攻撃を受けるのは心臓に悪いのだ。

「シン⁉」

白光の射線から外れていたフィルマが、突如シンを直撃したそれに驚いている。周囲にモンスターがいすぎて、攻撃を察知するのが遅れたのはフィルマも同じだったようだ。

「大丈夫だ！」

攻撃を受けている最中だったがかろうじて聞き取れたフィルマの悲鳴に、シンは問題ないと叫ぶ。

白光が照射されていた時間は5秒ほど。3秒をすぎたあたりでは白光は細くなり始め、最後はほとんど威力はなかった。

「なんだったんだ、今の」

白光がなくなったのにあわせて攻撃を再開したモンスターたちを迎撃しながら、シンは攻撃のあった方向に注意を向ける。

白光が通り過ぎた場所はモンスターが完全に消滅しており、地面がえぐれていた。大小はあれども、飛散した白光が着弾した場所も同じような有様だ。

攻撃が来たのは、セルキキュスをはじめとした昆虫タイプがいる方向。まさかとシンが思ったところで、大音量の声がシンに届く。

『ちょっとシン！　聞こえてないの！　シンってば！』

「どわっ!?」

心話によるものなので耳が痛くなることはなかったが、今までにない音量にシンは悲鳴を上げた。

そのせいか力が入りすぎ、振り下ろした『牙狩』がモンスターごと地面を深く切り裂く。

『大声出さなくても聞こえてるよ。どうしたんだ？』

『あ、無事だった！　シュバイド、シンでたわよ！』

シンが返事をすると大げさなくらい強い反応が返ってきた。

慌てているようで、おそらく口頭で話しているのだろうが、心話にまでそれが伝わっている。会話の様子から、シュバイドも自分を呼んでいたのかもしれないと思うシンである。

記憶を探ると、攻撃を受けている際に何か聞こえていたような気もする。

白光を受け止めているときは白光とせめぎ合う拳に意識を集中していた上、地面のえぐれる音やモンスターの悲鳴などが合わさって聞き取ることができなかったようだ。

『応答がなかったのでな。肝を冷やしたぞ』

『たぶん、攻撃を受け止めてたときだ。気づかなくて悪かったな』

『いや、我らもまさかやつがシンを狙うとは思わなんだ。モンスターどもが突然動きを止めたので様子を窺っていたのだが、いきなり進行方向とは別の方向へ光が走ったのだ。まだ接敵前だったゆえ、盾の能力を使っても届かなかった。すまぬ』

『俺もモンスターが突然こっちを狙いだした理由はわからないんだ。とりあえず、こっちは大丈夫だからあまり気にしなくていいぞ』

モンスターが壁の役割を果たしているため、シュバイドたちはまだセルキキュス本体を確認できていないらしい。攻撃も本当に唐突で、シンたちがいる方向だと気づいて慌てて心話を送ったようだ。

シンの知る以上の長距離攻撃をしてきた以上、ヘルトロスと同じく上位種に進化したか亜種になったかしてパワーアップしているのは間違いないだろう。

『ところで、シュバイドたちのほうのモンスターは進行方向を変えてないか？』

斬撃を飛ばすスキルでモンスターを輪切りにしながら、シンは問う。

セルキキュスがシンを狙ったということは、ヘルトロス・ガルズの遠吠えはシンがここにいることを、他のモンスターに知らせる効果がある可能性が非常に高い。

狙われる理由は見当もつかないが、すべてのモンスターが自分を狙ってくるならむしろ好都合とさえシンは考えていた。

理由は不明なのでシュニーには引き続き待機していてもらうが、撃ち漏らしを倒すために控えてもらっていたユズハは全面的に攻撃に移行してもらえる。

シンだけを狙うなら、フィルマとユズハは攻撃し放題だ。

『群れの前列しか見えんが、明らかに変わったな』

『そうね。まっすぐこっちに向かってたのが、思いっきり方向転換してる』

シュバイドとセティの見立てでは、『エンド・ウォール』によって出現した壁の穴の海側に近い場所に向かうコース取りだったものが、逆側である大陸側へのコースに変わっているようだ。

「完全にシンの所に来るコースじゃない？」

「だよな」

フィルマとともに広範囲を焼き尽くす炎術を放ちながら、シンはうなずく。

距離があるので確定とは言いにくいが、タイミングや行動を考えれば現状ではそれ以外にない。

「あ、ゲルゲンガーのほうも進む方向を変えたってメッセージがきたわ」

炎をまとった斬撃を放ちながら、フィルマが言った。

今戦っているレベル２、３００程度のモンスターが相手ならば、よそ見をしながらでも対処できる。

戦闘中は、メニューを介したメッセージ開封をしているので、視線で内容を確認しているときも手はふさがらない。おまけに頭の動きに合わせてメニューも動くので、視線が一点に固定されることもなかった。

相手のレベルしだいでは、今のフィルマのように戦いながらメッセージを見るなんてことも可能だ。

「狙いは俺、だよな」

「壁にまっすぐ進んでいたのが、いきなり南南東に向けて進路を変えたって言うんだから、間違いないでしょ」

予想外にもほどがある。シンもそう思わずにはいられない状況だ。

壁のない空白部分に、モンスターが押し寄せるよりはいいとも言えるのだが、どうやって被害を減らすか必死に考えていた身としては肩透かしを食らったような気分でもあった。

「事態の収拾が楽になった。そう思えばよい」

雷撃と火球の雨を降らしながら、ユズハが合流する。広範囲攻撃が得意なこともあり、8本の尾から次々とスキルを放ってモンスターを減らしていた。

その姿はプレイヤーを苦しめてきたエレメントテイル本来の戦い方そのもの。子狐状態からは想像もつかない王者の貫禄がにじみ出ていた。

「ったく、こうなりゃとことんやってやるか!」

気合を入れなおすように叫びながら、『牙狩』を振るう。

周りはわずかな味方以外すべて敵。

元が魔力であり自然発生したものでないことに加えて、倒さないと大陸内で混乱を起こす可能性のあるモンスター。

生態系だの、縄張りだの、パワーバランスだのといった気を遣わなければならない事柄は一切ない。

さらに皇国軍の観測班も巻き添えの可能性を考慮して近くにいない。能力制限をする必要もなければ戦いを見られないようにする工作もいらないかった。

つまり。

——全力で。

——好きなように。

——暴れていいのだ。

†

「む？」

昆虫タイプのモンスターの群れへと走るシュバイドは、背筋を撫でていった悪寒に似た何かを感じて一瞬意識を後方へと向けた。それは、シンたちが戦っているだろう方向だ。

「ねえ、シュバイド。今、変な気配がしなかった？」

「おぬしもそう感じたか」

完全武装のシュバイドの肩に腰掛けていたセティも同じものを感じたようで、困惑した顔で問うてくる。

しかし、それが不快かといわれればそうではない。むしろ、高揚にも似た感情が芽生えているのをシュバイドは感じた。

「モンスターがいきなり進路を変えたのと何か関係があるのかしら？」

「いや、おそらく違うだろう。フィルマの言っていたヘルトロス・ガルズの遠吠えは我には聞こえなかったが、あれは味方のヘイトを特定のターゲットに集中させるもの。あやつらが動きを変えたのはそのせいだろうが、我らの感じた感覚とは関係あるまい」

背筋を撫でていったそれは、モンスターが進行方向を変えてからさらに時間が経ってからやってきた。明らかにタイミングが違うとシュバイドは指摘する。

「しかし、悪いものではない。我はそう感じている」

戦場の雰囲気が変わった。そう感じるのは、例の悪寒のせいか、それとも別の要因か。

シュバイド自身、いつもより感覚が研ぎ澄まされている気がしていた。

【狂化】のような強制的な戦意高揚ではない。言葉にするなら、自身のうちからふつふつと沸き上がる高揚感に近い。

「ああ、そうか。この感覚……」

そこまで考えて、ふと思い出す。この感覚は自分がよく知っているものだと。

何度も経験しているからこそ、不快ではない。

ただ、久しく感じていなかったからこそ、すぐにはわからなかった。

「ちょっと、1人で納得しないでよ。って、シュバイド、笑ってるの？」

「くく、いやすまん。つい、そうだ、ついな」

笑いが漏れたのをセティに指摘されるが、それも些細なことだとシュバイドは思う。

思い出せばなんということはない。むしろ、なぜ今まで忘れていたのかと思うくらいだ。

セティもそのうち気づくだろうとシュバイドは思った。

この感覚は自分を始め、シンのサポート役として戦ってきた者なら忘れるはずもない。おそらく、近くで戦っているフィルマも気づいているだろう。見えずともシュバイドにはわかる。

「おぬしも知っている感覚だぞ。思い出せ」

「知ってる？　ん〜……」

近接戦闘派と遠距離戦闘派で感覚が違うのか、セティは難しい顔で思案している。

もう少しで魔術が届く距離になるので、シュバイドが仕方ないと教えようとしたところで、それはきた。

一直線にモンスターの群れに突き刺さる赤い閃光。距離があったはずのシュバイドとセティにまで、冗談ではすまないレベルの熱が伝わってくる。

「あー……そっか、思い出したわ。これってシンが全力で暴れてるときのやつだ……」

目の前に迫りつつあったモンスターの群れの一部が、派手に吹き飛んでいた。

ついでやってくる爆音と爆風。それを見て、聞いて、感じたセティが、若干の呆れの混ざった声で言った。

「っていうかあれ、フルプロミネンスよね。なによあの馬鹿げた射程。威力もどうなってんのよ」

魔術特化なだけあって、セティは目の前で破壊の限りを尽くした魔術の正体を即座に看破した。

炎術系単一複合スキル【フルプロミネンス】。

熱線を飛ばすという同じような効果のあるスキルは数あれども、とくに威力に秀でているのが【フルプロミネンス】だ。

2種類以上の系統を同時に使用することで、別のスキルへと昇華させる複合スキル。

2種類以上というのが曲者《くせもの》で、プレイヤーは当初別々の系統を合成するだけだと思っていた。しかし、実際は同系統のスキルを合成することもできた。

【フルプロミネンス】は、同系統の魔術スキルを合成するタイプの複合スキルのひとつで、モンスターの群れを突っ切るときの道作りや、先制攻撃で混乱させるときなどが主な使用場面だ。

ただ、遠距離、中距離戦闘が基本の魔術スキルの中では特筆するほど射程が短く、盾役無しで撃てば、ほぼ確実に余波に巻き込まれる自爆技のような要素もあった。

そんな短射程と爆発による広範囲攻撃が特徴の【フルプロミネンス】が、短所である射程を克服すればどうなるか。

その答えがたった今、セティの前で展開されている破壊の嵐である。

「あたしたちのほうまで飛んでこないわよね？」

「大丈夫だ。シンが何か意味があるとき以外に、我らに攻撃を当てたことなどあるまい」

「だって、これあたしが知ってる暴れ方より激しいんだもん」

そう言って、セティは閃光と爆発に消えていくモンスターを見る。昆虫タイプは炎に弱いものが多く、【フルプロミネンス】は威力、効果範囲に加えて相性もよかった。

強靭な甲殻を持つはずのモンスターが消し飛ぶ。そう、閃光が通り過ぎた後は文字通り何も残っていない。『消えて』いるのである。

甲殻の一欠片も残らない圧倒的な火力。火に強いタイプも混じっているはずなのだが、それすらも消し飛ばしていた。

「射程外のやつを狙ったほうがよさそうね。セルキキュスはどうする？」

先ほどシンに向けて長距離攻撃を行ったセルキキュスはモンスターの壁の中にいて、もっとも近くにいるシュバイドたちからも未だに姿が見えない。

【フルプロミネンス】は広範囲に散発的に放たれているので、セルキキュスを囲むモンスターは減っていないのだ。

「モンスターのすべてがシンに向かっているのであれば、こちらだけに集中してはおれまい。我らで叩くぞ」

念のため、心話で連絡を取っておく。動きで何をしようとしているかはおおよそ見当がつくだろうが、一言入れておいたほうが早い。

「では、ゆく。しっかりつかまっていろ！」

セティを肩に乗せ、シュバイドは走り出す。前に突き出すのは物理障壁を展開した『大衝角の大盾』。

ＡＧＩの数値上、シンやシュニーと比べるとシュバイドはどうしても遅いと評価される。しかし、それは必ずしも能力ゆえのことだけではない。

シュバイドとシンたちで決定的に違うこと。それは装備の質量だ。

『大衝角の大盾』をはじめとして、全身を覆う金属鎧に長大な『凪月《なぎづき》』。

シンたちの装備は性能面で決定的な差はないが、重さという一点においてはシュバイドの装備が突出している。

シンは腕や足の一部に金属を使っているだけで、シュニーやセティはそもそも金属そのものという部分がほとんどない。

フィルマも金属系の装備だが、あちらはいろいろと削っているので質量についてはシンたちの装備と大きな差はなかった。今は亡きジラートも同じようなものだ。

ゆえに、スキルによって自身の重さを何倍にもはね上げ敵に突撃するこの戦法は、ある意味シュバイドの専売特許のようなものだった。

重さを上げるスキルは元の重量が大きければ大きいほど効果が上がる。

それに自身を加速させるスキルや、相手を吹き飛ばすようなスキルを発動させながら突撃すればどうなるか。

「ぬぅうあああっ‼」

雄たけびを上げながら、シュバイドは突き進んだ。

モンスターが跳ねる。自身の意思ではなく、シュバイドの突き出した『大衝角の大盾』との激突によって。

あえてモンスターの真正面からシュバイドは突っ込んでいく。

最初こそ多少先行していたモンスターを散発的に撥ね飛ばしていただけだったが、セルキキュスを守っている群れとぶつかると、ある意味冗談のような光景になった。

障壁に当たったモンスターのうち、角度や防御力の関係で撥ね飛ばされただけなものはむしろ幸運。

そういった要因無しに正面衝突したものは、コンクリートの壁にぶつかった水風船のごとく弾け飛ぶ。

「いつものことだけど、えげつないわね」

一瞬で血とモンスターの体の断片で真っ赤に染まる障壁を見て、セティがつぶやいた。

前方はまったく見えないが、感知系の能力に加えてシュバイドたちもまた、【千里眼】をはじめとした透視のできるスキルを身につけている。

進む方向を間違えることも、悪路に足をとられることもない。

「おぬしも人のことは言えんだろうに」

障壁は前面に集中して展開しているため、左右や後ろはがら空きだ。

シュバイドが若干呆れながらセティに言ったのは、そのがら空きの部分をセティの魔術が埋めているからである。

モンスターはシュバイドやセティより、シンのほうへ向かうことを優先しているらしく、攻撃はしてこないので、現状特別に警戒する必要はない。

しかし、だからといって何もしない理由はない。

シュバイドの突撃を避けていくもの。元から突撃する進路上にいないもの。

そういった個体に向けて、セティの魔術が炸裂する。

プレイヤーから散弾系とも呼ばれていた広範囲に拡散するタイプの魔術を、無詠唱で乱射しているのだ。

移動スキルもそうだが、自己研鑽を積んできたと豪語しているだけあって、セティの魔術はシュバイドの知るものよりも一回り凶悪さを増していた。

一度に生み出される各属性の弾丸の数だけでなく、貫通力まで増している。

低レベルの個体なら一発受けただけでその周辺がごっそりえぐられ、ある程度高レベルになると当たった部位を貫通していく。

そのうえ1体、2体貫通した程度では威力が衰えない。

有効範囲内にいる個体のほぼすべてが行動不能になるようなそんな魔術を、セティはなんでもないというように連射していた。

シュバイドの突撃で群れの内部に入り込み、セティの魔術で傷を広げる。その先にいるのは、セルキキュスだ。

「む！　セティ、少し跳ぶ！」

セルキキュスがいる方向から魔力の高まりを感じたシュバイドは、シンのいる位置とセルキキュスの間に盾を構えて割り込んだ。

次の瞬間、モンスターの壁を突き破って白光が現れる。一度目と同じ、味方もろとも吹き飛ばす白光をシュバイドは障壁と盾の二段構えで迎え撃った。

白光の発射位置が高いためシュバイドとセティは空中で受けることになるが、二段ジャンプを可能にする【飛影】を足場代わりに踏ん張る。

シンによってさらにバージョンアップされた『大衝角の大盾』が作り出す障壁は、白光を完全に受け止め周囲に拡散させた。

一部は空に散って雲を吹き飛ばし、また一部は地面に飛んでモンスターを焼いた。

「一度目よりも短いか」

白光の照射時間は3秒。最大出力だったのは2秒ほどだ。

「簡単に連射されちゃ困るけどね。それより、本体が見えたわよ」

モンスターの壁が綺麗に消えて、セルキキュスが視認できた。

――セルキキュス・ヘイム　レベル870
やはり上位種。シュバイドとセティは合図も打ち合わせもなく、しかし同じタイミングで互いにスキルを放っていた。

三種混成複合スキル【金剛爆振槍】。

炎術土術複合スキル【フレアコメット】。

白銀に輝く『凪月』がセルキキュス・ヘイムの白光を発射した口の部分に突き刺さり、全身を振るわせた。

深く突き刺さった刀身から発せられる超振動によって、体の内部を破壊する。それが【金剛爆振槍】の効果。副次効果として、対象の動きを阻害する。

そして、動きが止まったところに赤熱した隕石《いんせき》群が降りかかる。

熱く焼けた土や岩の塊を落とすスキルは範囲や威力の違いからいくつか種類があるが、【フレアコメット】はとくに威力の高いスキルとして有名だった。

隕石落下後の衝撃も強く、モンスターが巨大か、もしくは群れを成すタイプには非常に有効なスキルだ。

唯一の欠点は、隕石にも、生じる衝撃波にも敵味方判定がなく、範囲内にいるものすべてにダメージを与えるところだろう。

使いどころを間違えると自分も吹き飛ぶ。ある意味、【フルプロミネンス】の同類といえるスキルだ。

そんな欠点も、シュバイドとセティならば何の問題もない。隕石落下で生じる熱風も衝撃波もすべて障壁が受け止め、２人にダメージはない。

「ふふふ、どうよ！」

「やりすぎだ」

セルキキュス・ヘイムの足止めも兼ねていた【凪月】を、自動で手元に戻ってくる機能によって回収したシュバイドが、やれやれとつぶやく。

ここぞとばかりに【フレアコメット】を連射したセティ。

雨霰《あめあられ》と降ってくる隕石がやみ、土煙が晴れると、セルキキュス・ヘイムの姿はどこにもなかった。

原型をとどめたパーツすらなかった。完全にオーバーキルである。

いくら昆虫タイプが死ににくいとはいえ、ここまでする必要はない。

「シンが『華月』を強化したから、威力が跳ね上がってるのよ。そうじゃなかったら、いくらあたしでも倒しきれなかったはずよ」

セティとて自分の能力は把握している。目の前の惨劇の原因は、必ずしも自分だけのせいではないと反論した。

「でも、これだけやってもまだまだ残ってるのよね」

自身が巻き起こした破壊のあとを見ながら、セティは言う。

【フレアコメット】とその余波で、移動していたモンスターの群れにぽっかりと大穴が空いていた。

しかし、さほど時間がかかることなく埋まる。それほどにモンスターの数が多い。

「注意を引くスキルもあまり効果がない。やはり群れの中に入り込み、暴れ回るしかないようだな」

「それ私たちが一番得意なやつじゃない」

「ふむ、そうだな」

倒し損ねた分はシンへと向かうので、行かせはしないと気合が入る。

シュバイドは『凪月』と『大衝角の大盾』を構えてモンスターの群れへ突き進み、セティはその肩の上で『華月』を振って、大規模魔術の詠唱を始めた。

シュバイドたちが暴れるのと時を同じくして、シンも全力を解き放っていた。

モンスターの満ちる大地に、七色の魔力が迸《ほとばし》る。魔力は術者の意思によって変質し光に、さらに物理現象となってモンスターに襲い掛かった。


赤い光は炎となってすべてを焼き尽くす。

青い光は冷気となってすべてを凍てつかせる。

茶の光は岩土となってすべてを砕く。

緑の光は疾風となってすべてを切り裂く。

黄の光は雷となってすべてを貫く。

白の光は瞬《また》きの間に過ぎ去り触れたものを溶かす。

黒の光は静かに広がり触れたものを侵す。

七つの属性の魔術の同時行使。それは、攻撃特化型魔導士《ダメージ・ディーラー》の奥義であり完成形のひとつ。

シンは魔導士ではないが、ステータスの高さと習得したスキルの量でもってその再現が可能だった。

その様はまさに固定砲台であり、魔術をばら撒きながら敵を殲滅する様子からプレイヤーたちに「あいつだけジャンル違くないか⁉」と言わしめるほど。

さらにその後ろでは、エレメントテイル本来の力を取り戻しつつあるユズハが、同じように各属性の攻撃を放ち、運よく魔術の弾幕を逃れて近づいたものは、フィルマが真っ二つにしていく。

モンスターがシンに向かってくるこの状況は、2人と1匹の戦い方にぴたりとはまっていた。

ただし、そんな圧倒的殲滅力を誇る戦い方にも解決できない問題はある。消費するMPに回復が間に合わないという問題だ。

攻撃した相手からMPを吸収するスキルや能力はあるが、効率がよすぎると永遠に魔術を撃ち続けられるという事態が起こる。

すると、盾役さえそろえれば大抵のモンスターは同じやり方で倒せてしまう。

なので、その手の能力は吸収効率に制限が設けられ、モンスターを攻撃→MP吸収→回復したMPで再度モンスターを攻撃、というループができないようにされていた。

しかし、吸収効率が抑えられているのは、あくまでモンスター1体からのMP吸収量。

ゲームでもほとんど見られなかった、地面が見えないほどの数が相手となれば、いくら吸収効率が悪くても、複数撃破によるMP回復量は相当なものとなる。

加えて、シンのアイテムボックスには、MPを全回復させるアイテムが潤沢《じゅんたく》にそろっている。

今もMPを断続的に回復させるアイテムでバフをかけつつ攻撃しているので、MPの減りは一般的な固定砲台戦法の10分の1にも満たない。

もともとMPが上限突破しているシンなので、まだまだ余裕だった。

「前に『六天』全員でこれをやったときは、お前らだけジャンル違うって笑われたっけな！」

モンスターの都市侵攻イベントで同じようなことをして、プレイヤーから「こいつらだけ弾幕ゲーやってやがる！」と言われたものだ。

アイテムを湯水のように使い、一定範囲に近寄らせることもなく殲滅しきったときは、何やってんだこいつらと呆れられもした。コストがかかりすぎて完全に赤字だったのだが、本人たちはネタプレイができて楽しかったと笑ったものである。

『さて、そろそろ動物タイプも終わりが見えてきた。2人とも、疲れてないか？』

『大丈夫よ。アイテムもまだまだ残ってるわ』

『まだまだこの程度』

魔術の爆発音やモンスターのうなり声で直接声は聞こえないので、会話は心話を繋いで行う。こうしている間にも、動き回ってなるべく多くのモンスターを巻き込むように魔術を放つ。

本来、固定砲台と化した魔導士は移動まで手が回らない。

回復アイテムの使用タイミングや魔術の再使用時間《リキャスト・タイム》を考えて、次にどの魔術を使うか常に考え続けなければならないからだ。

しかし、この世界に再使用時間《リキャスト・タイム》はほぼ存在しない。

【ブルー・ジャッジ】のような大規模魔術になると、そうもいかないことはシンも経験したが、それ以外の魔術ならばほとんどが連射可能だった。

おかげでわずらわしい魔術の組み合わせを考え続ける必要がなく、持ち前の機動力を生かすこともできた。

広範囲に弾幕を張りながら移動するのは、シンを狙って集まるモンスターの中で端のほうにいる個体がまれに離れていきそうになるのに気づいたからだ。

あちこち動き回って注意を引き続ければ、その心配も多少は減る。

とはいえ、念のためミルトに心話を繋いで、個別起動できる壁の設置を進めるように伝えてもらっている。

仮に目標変更されても、少しは壁の隙間を埋めることができるはずだ。今のところ離れていった個体は控えてもらっていたシュニーが処理してくれている。

「大規模魔術の再使用条件がわかればな」

ぼやきながら、使用可能になった魔術の中から、できるだけ広範囲のモンスターを攻撃できるものを選択する。今のところ、大規模魔術は30分に1発といった間隔で使用できた。

本格的に暴れ始めてからすでに2時間。

シンがフィルマとユズハを気づかったのは、地平線まで続いているのではないかと思われたモンスターの群れに終わりが見え始めたのも理由のひとつ。

別の理由は、ゲルゲンガー率いる不定形モンスターの群れが近づきつつあったからだ。

昆虫タイプの群れのほうでは、シュバイドとセティが暴れているので、到着はまだまだ先になる。

結果として、シンたちは不定形モンスターの群れに注意を向けていられた。あちらはいまだに無傷なのだ。

『……到着したみたいね』

しばらくして、不定形モンスターの群れが、動物タイプのモンスターの群れの後方に接触した。

シンたちの位置からではまだ視認できないが、マップ上では動物タイプが減って赤から透明になりつつあった部分がまた一気に赤く染まっているのが確認できる。

反応が多すぎて、どれがゲルゲンガーの反応かはわからなかった。

『しばらくは弾幕を維持。不定形タイプが視認できたら一旦距離をとって状況を整理する』

今までの流れから、ゲルゲンガーが上位種または亜種になっているのは間違いない。

どんな攻撃が飛んでくるかわからないので、シンはフィルマとユズハにそう告げた。

偵察班の話ではゲルゲンガーは群れの先頭を進んでいたということなので、発見は難しくないだろうとシンは考えている。

同じように先頭を進んでいたヘルトロス・ガルズも、真っ先にシンに向かってきたからだ。

しかし、そんなシンの予想とは裏腹に、マップ上で変化が起こる。不定形モンスターを表していたマーカー群が、敵ではなく中立を表す緑色に変化したのだ。

「――動物タイプと戦ってる？」

変化はマーカーだけではなかった。

動物タイプが減るにしたがって見えてくる、不定形モンスターの群れ。

それらは体の一部を触手状に伸ばし、動物タイプのモンスターを後ろから貫いたり、体当たりしてそのまま内部に呑み込んだりしていた。

『敵対関係にある……ってことかしら？　セルキキュスの長距離攻撃も、似たような感じだったけど』

『あれは同種も巻き込んでるからな。同じといっていいのか？』

セルキキュス・ヘイムの攻撃は動物タイプを消し飛ばしていたが、同時に射線上にいた昆虫タイプも消し飛ばしている。

マーカーの反応も赤のままだったとシュバイドに確認してあるので、シンは不定形タイプの動きと同じとは思えなかった。

そうしている間にも、動物タイプは数を減らしていく。

不定形モンスターとシンたちとの挟撃状態。

そのうえ、不定形モンスターは倒れた動物タイプをそのまま内部に取り込んで進めるので死骸が障害物にならない。

まさに波に呑まれる小石のごとく、動物タイプは全滅した。

「襲って、来ないわね」

「マーカーも変わらず中立反応だ」

「敵意は感じぬ」

シンたちは一旦集合し、相手の出方を見た。

不定形モンスターたちは、シンが砲台モードでばら撒いていた魔術の射程範囲には入っていない。

シュバイドたちの援護に使った【フルプロミネンス】のような魔術なら届くが、こちらを攻撃せずに動かない相手にモンスターだからと、深く考えもせずに攻撃していいものかとも思う。

どうするかとシンが考えていると、シュバイドから連絡が入る。どうやら、不定形タイプは昆虫タイプにも襲い掛かっているらしい。

偵察班はモンスターがシンに狙いをつけて移動を始めたところで一旦壁のほうへ退避している。

もし、壁を狙って動いた場合にはすぐに連絡が来る手はずだ。

ただ、追いかけて観測を続けている者はいない。なので、二手に分かれたことに気づかなかったし、連絡もなかった。

ただ、モンスターの数が数なので、近くにいても奥のほうまで観測できずに気づけなかった可能性はある。

「ゲルゲンガーは、いるな」

不定形モンスターの中でも一際大きな個体。見た目は半透明な薄紫色の水饅頭《まんじゅう》のようなモンスターがゲルゲンガーだ。

見た目だけならば、変異しているようには見えない。

――ゲルゲンガー・イヴル　レベル876
【分析《アナライズ》】が、正体を看破する。

姿は変わらずとも、他の2種同様、進化はしているようだ。

シンが見ていることに気づいたのか、ゲルゲンガー・イヴルが前に出てくる。

単独だ。1体だけで近づいてくる。

すでに魔術の射程内。シンがその気なら、いつでも攻撃できる距離。

『攻撃するか？』

『いや、少し待ってくれ。とりあえず、俺が前に出る。他のやつらと反応は違うけど、ヘルトロスの遠吠えで方向転換してきたからには、俺に用がないってことはないだろう』

フィルマとユズハをその場に残し、シンも歩みを進める。しばらくすると、シンもまたゲルゲンガー・イヴルの攻撃範囲内に入った。

ゲルゲンガー・イヴルが動きを止める。それに合わせて、シンも歩みを止めた。

しばし無言で見つめ（？）合う。

先に動いたのは、ゲルゲンガーだった。

体の表面が波打ち、形が変わる。巨体が見る見るうちに縮み、人の形をとった。

数秒後、ゲルゲンガー・イヴルがいた場所に立っていたのは、オールバックの白髪に皺ひとつない燕尾服《えんびふく》、きらりと光るモノクルを見につけた1人の老紳士だった。

『お初にお目にかかります。主の命を受け、シン様をお迎えに上がりました』

老紳士の姿になったゲルゲンガー・イヴルは、そう言って完璧な角度で頭を下げた。

Side Story シスター・ミルト

THE NEW GATE

瘴魔《デーモン》の支配から解放され、シンと共闘してアダラ、スコルアスを撃破したあと――ミルトは教会に身を寄せていた。

その戦闘力で『頂《いただき》の派閥』の拠点強襲を成功させたこともあり、行動をともにした教会騎士たちからは多少の信頼を得ている。

誘拐事件に関与した償いとして、今度は戦場ではなく、教会に勤める者たちから信頼を得るのがミルトの現在の目標だ。

「それで、なんでこの格好なんです?」

支給された修道服を着て、ミルトは目の前のエルフの女性に尋ねる。聖女奪還の際にシンと協力したリリシラという司祭だ。

「ミルトさんには、教会での奉仕活動を行っていただくことになりました。教会の信徒になったわけではないことは承知しています。しかし、教会のシスターや見習いの方が行っている仕事を、1人だけ異なる格好をしたミルトさんが混じって行うのはいらぬ注目を集めるだけでしょう。私たちは信仰を胸に日々過ごしていますが、それでも良からぬことを考える者がいないとは言えません。まあ、どこまで効果があるかはわかりませんが」

ミルトが奉仕活動をする理由を知る者は少ないが、どこかで情報が漏れないとも限らない。注目されることは少ないほうがいいと、教会の司祭であるリリシラは言う。

戦闘面では活躍したミルトだが、それ以外はどうなのかと疑う声はまだあるのだ。

「シン様たちには、色々と力を貸していただいていますからね。あの方たちが悪い子ではないと言うのですから、信頼を裏切るような真似《まね》は、どうかしないようにお願いしますよ？」

「う……はい」

そう言われると強く出られなかった。操られたままだったら、どんな結末を迎えていたか想像もしたくない。

強者と正々堂々戦って敗れるならいい。しかし、自分の意志を捻《ね》じ曲げられていいように使われるのは、ミルトにとって最悪とも言える。

「それで、仕事っていうのは何をするんです？」

「教会本殿の清掃、信徒や雇っている方々の食事の用意といった雑用から、自身の鍛錬まで多岐にわたります。本来なら指導役のシスターをつけるのですが、ミルトさんは事情が事情なので私自ら手ほどきを行わせていただきます」

「そ、それはまた……」

どんどん出てくる仕事の量に、ここのシスターたちは皆選定者なのかな？　と考えてしまう。さらっと鍛錬という単語が入ってくるあたり、ただの奉仕活動では終わらなそうだった。

「シスターも鍛錬するんですか？　戦闘に参加するってわけじゃないですよね？」

リリシラの部屋に移動する傍ら、シスターたちの姿も見ている。ミルトには、彼女たちが戦う技術を持っているようには思えなかった。

「シスターたちが覚えるのは、主に回復系のアーツです。ある程度力をつけたら、シスターは各地の教会に異動します。場所によっては回復薬も貴重な場所がありますからね。より多くの人を救うために、技術を身につけるのです」

中には教会騎士を目指す者もいて、こちらは戦闘系のアーツを覚えるようだ。やるのも実戦を想定した訓練である。

「ミルトさんには、鍛錬の時間を教会騎士見習いたちのための戦闘訓練とさせていただきます。ミルトさんほどの戦闘力を持つ人は教会といえども多くありませんので、彼らにはいい刺激になるでしょう」

「説明を聞いているだけなのに、仕事が増えていく気がする」

ミルトは教会騎士たちとモンスターや『頂の派閥』の構成員を相手にしていたほうが楽だったと、思わずにはいられなかった。

「では、説明はこれで終わりです。質問がなければ、早速仕事に取り掛かろうと思いますが」

「あ、すみません。質問じゃないんですけど、ひとつだけいいですか?」

質問ではないという言葉に首を傾げるリリシラに、ミルトは修道服をつまみながら言った。

「胸がきついんで、もう少し大きいサイズはないですかね?」

「……特注するしかありませんね」

はち切れそうな修道服を見て、リリシラの表情が少し引きつっていた。

†

教会での日々は、モンスターや人と戦うばかりだったミルトにとってとても新鮮だった。

最初こそ失敗もあったが、ステータスの高さゆえの体力とミルト自身の頑張りもあり、日常的に行う作業はシスター3人分は働くと言われている。

そんな日々の中、リリシラに鍛錬場に来るように言われ、そんな説明も受けたなとミルトは懐かしむ。

信徒の数はとにかく多く、教会を訪れる人も多い。量は多いけれどやることは雑用だし、と侮っていたミルトを驚かせるほど仕事量は多かったのだ。

「いろいろと忙しすぎて、鍛錬のことすっかり忘れてたよ」

「本来はもう少し時間を空けてから行います。ある程度こちらの生活に慣れてからでないと体力的にきついですから。見習いはミルトさんほど体力はありません。あと、言葉遣いが乱れていますよ」

女性であっても男性を凌駕《りょうが》する体力と力を持つのは、選定者の利点のひとつである。しかし、力が強くても頭が上がらない相手というものは存在する。

ミルトにとっては、リリシラがそれだ。

「気を付けます。ええと、確認なんですけど、いつもの修道服じゃなくていいんですか？」

リリシラとともに歩くミルトは、『和道闘衣』をはじめとした戦闘用装備だ。

相手は一般人から選別された騎士と聞いている。戦闘訓練とは言っていたが、伝説級の武具を身に着けていては戦いにならないはずだった。

「教会所属の選定者の方とも戦っていただきますが、選定者の強さを兵に教えてもらうというのも仕事に含まれています。くれぐれも手加減を間違えないようにお願いしますよ」

「あー、なるほど。モンスター役みたいなものですか」

いくら資料を読み伝聞を耳にしても、自分の目で見て体験しないと本当の意味で物事を理解できないなんてことは多い。

高レベルモンスターの危険性や強さを、同じような強さを持つ選定者で代替しているらしい。

鍛錬場はゲーム時代にシンに見せてもらったものと変わりなかった。

ミルトたちが向かったのは地上ではなく地下にあるほうで、転移で移動する。四方を頑丈な壁に囲まれただけの場所なので、ギルドメンバーでなくとも使えるようだ。

鍛錬場の中には50人ほどの男女がいた。身に着けている装備はある程度統一されている。異なる部分は兵種の違いだろう。

大きな盾やメイスを装備した重装歩兵はわかりやすい。

そうでなくとも、同じ鎧を着ていても弓を持つ者、大剣を持つ者、槍を持つ者など、役割が違うのはすぐにわかった。

皆一様にリリシラと一緒に来たミルトに視線を送ってくる。ほとんどは「なぜこんな場所に子供を？」と言いたげな顔をしていた。

首をかしげているのは、ミルトがシスターとして働いていたときに顔見知りになった者や話したことはなくとも働く姿を見たことがある者だろう。

教会のシスターも戦闘訓練を多少はするが、あくまで自衛程度であり騎士を相手にするようなことはない。

それにしても、とミルトは思う。

自分に向けられる感情はともかく、視線は顔ではなくその下に注がれていることにミルトはすぐに気づいていた。

訓練場にいるメンバーがほとんど男だというのもあるのだろう。

普段着ている修道服はミルト用に特注されているため、体型がわかりにくく採寸されている。

それに対して、『和道闘衣』は体型がはっきり出るので、多少知り合いの騎士もソレに視線が引かれてしまったようだ。

「すでに知っている方も何人かいらっしゃるようですね。こちらが本日、皆さんの仮想敵を務めてくださいます。ミルトさんです。非常に強い選定者ですので、見た目で侮らないように」

リリシラの言葉に騎士の大半が驚いている。一部の驚いていない者はミルトの強さを感じ取っていたのかもしれない。

「では、あとはミルトさんにおまかせします」

ミルトはうなずいて、まずは『ブレオガンド』を具現化する。

突然現れた巨大な武器に、騎士たちの驚きが収まらない。なにせ柄と刃を合わせれば、ミルトの身の丈より大きいのだ。

『ブレオガンド』を軽々と振り、準備万端と今回の訓練の統括をしている騎士に合図を送る。いつでもいいと返事を受け、ミルトは獰猛《どうもう》な笑みを浮かべた。

目の前にいるのは自分たちよりはるかに強い存在。よそ見をしている余裕などないと、ミルトは彼らの体に教えることにした。

†

奉仕活動を始めて1月も経つ頃には、ミルトの名前はすっかり広まっていた。

明るく、だれにでも物おじしない性格と可愛らしい容姿。そのうえ選定者としての高い戦闘力。なるべく目立たないように、とリリシラはいろいろ配慮してくれていたが、本人も言っていた通り、注目が集まるのは時間の問題だったのだ。

そして今日もまた、ある意味恒例となった出来事が教会の入り口近くで起こっていた。

「どうですかミルトさん、私の仕留めたワイルドボア！　通常より一回りは大きいでしょう‼　教会の皆さんでぜひ召し上がってください！」

「ええと……」

「まったく、通行の邪魔になるだけだろう。その点、私の仕留めたコアフロッグは鉱石が多く取れます。アクセサリーとしてプレゼントしますよ」

「いえ、おかまいなく……」

ある者はその容姿に、ある者はその強さに惹かれ、多くの男たちが寄ってくるようになったのだ。

噂が広がるにつれて、冒険者や騎士が、自身の魅力をアピールする場面があちこちで見られるようになった。

この世界の男たちにとって、強さはわかりやすいアピールポイントなのだ。

建前上、教会のシスターや騎士の恋愛は自由だ。

しかし、ミルトは身分上は見習い。一人前というわけではなく、周りの目もある。迷惑でしかなかった。

最初こそ嫉妬する者もいたが、あまりの数としつこさに最近は同情の目を向けてくるほどだ。

「うへぇ……」

ぐいぐい迫ってくる男たちを作り笑顔でどうにか受け流し、シスター用の食堂へ辿り着いたミルトはため息をつきながら、もそもそとパンを咀嚼する。

「今日も大変でしたね」

隣に座って労《ねぎら》いの言葉をかけてくれるのは、最初の清掃奉仕で一緒になった見習いのシスターだ。選定者ではないが、教会では選定者であろうとなかろうと見習いは見習いである。

ミルトも選定者であることを鼻にかけるような気はなかったので、今ではこうして気軽に話をする間柄だ。

「ホントだよ。掃除の邪魔だって言っても聞いてくれないし」

やってられないとミルトは愚痴を漏らす。

清掃は持ち回りで、門の周りを行う時が一番絡まれやすい。

獲物を見せてアピールする者が多いのは、教会内まで持ってくることはできないからだ。門番もいるが、あくまで自己アピールをしているだけなので強引に帰らせることもできない。

加えるなら、ミルトへのアピールに、お布施《ふせ》や一般枠の奉仕活動として教会に金を落とす者が多いのも、おおっぴらにやめられない理由となっていた。

綺麗ごとだけでは、人は救えないのだ。

「でもちょっとうらやましいなぁ。けっこう有名な人も来てたらしいじゃん」

ミルトの前に座って言うのは、隣に座っている見習いシスターと同室の少女。

大人しい少女とあけっぴろげな少女の組み合わせは、相性が悪くなかったようで、すぐに仲良くなったらしい。

ミルトの力を知っても恐れずに普通に接してくれる、数少ない友人である。

「モンスターの死体を見せられて、アピールも何もないでしょ」

「冒険者だよ？　自慢するならそこでしょうに。それにほら、あれだけすごいのが仕留められるならきっとこっちもすごいよ？」

そういって親指と人差し指をくっつけて丸をつくる。お金を表す仕草はどこも似たようなものだ。

「僕、そういうのに魅力を感じないんだよねぇ」

「うわ、なんて贅沢な。あたしも一度でいいから言ってみたいわ」

ミルトの言い分に、少女は大げさに肩をすくめて見せる。

「例えばですけど、ミルトさんはどんな人なら魅力を感じるんですか？　お金とか強さとか、そういうのはあまり気にしてませんよね？」

「あ、それあたしも気になる。ミルトってそういう話あんまりしないもんね。で、どうなのよ？それとも、実はもう気になる人がいるとか？」

シスターといってもまだ少女。恋バナに発展しそうな話題だから食いつきが違った。

「うーん。とりあえず、僕より強い人がいいかな」

「いや理想高すぎ」

「これは……難しいですね」

話を聞いた途端、少女2人は眉を寄せて言った。

教会に所属している騎士と街の冒険者を合わせても、ミルトに勝てる相手が思い浮かばなかったのだろう。

個人の強さもそうだが、装備も伝説級《レジェンド》という国宝指定されてもおかしくない代物《しろもの》。個人の強さと装備の良さ、これらを同時に上回るのは至難の業だ。

「これで見た目もいいっていうんだから、神様はミルトを優遇しすぎでしょ」

「そうかなぁ」

「その顔と胸だけでも、男なんて選び放題じゃん。このこの」

むすっとした顔で、少女はテーブルの上に乗っているミルトの胸をつつく。

特注の修道服は体つきがわかりにくくなるように作られていたが、限界があった。

「く、やわらかいくせにしっかりと指をはじく弾力。あたしにもこれがあれば」

「それも……難しいですね」

「うん」

隣同士に座った2人はそっと目を逸らした。ミルトの胸をつつく少女の胸元は、誰が見ても平らであった。

「ちょっとひどくない⁉」

「現実を見ようよ。それに、いやらしい視線がすごいよ？　顔じゃなくて胸に話しかけてるんじゃないのって人も結構いるし」

「そうですね。あれはちょっとどうかと思います」

ミルトほどでないにしろ、隣の少女もなかなかに豊かなものを持っていた。

「言ってみたい。私も言ってみたい」

今にもぐぬぬと言いそうな少女に、ミルトは小さな笑いを漏らした。

仕草が大げさなのは、あえてそうすることで話の内容を「軽く」するためだとわかっている。目の前の友人２人は、そういう気づかいができる人だった。

「気になる人、かぁ」

あてがわれた部屋に戻り、ベッドに横になりながらミルトはぽつりとつぶやく。

気になる人がいるのではないか。そう聞かれたとき、誰も思い浮かばなかったわけではなかったからだ。

「いや、これはそういうのとは違うような」

自分より強い相手。それは教会やその周囲にいないだけで、大陸中を見渡せば少なくない数がいる。

冒険者の中には伝説級《レジェンド》を超えて、神話級《ミソロジー》の武具を所持している者もいた。戦うことになるかは別として、自分が一番強いなどという気はミルトにはない。

ただ、その中でも一番強いだろう人物を、ミルトは知っている。

「シンさん」

おそらく、大陸中を探してもシンより強い者はいない。

ゲーム時代のステータスがそのまま反映されている状況で、さらに強化されているのだ。加えて最上級の装備を自分で作れるときている。

こちらの世界に来てからの強化はともかく、もともとのステータスやスキルはシン自身が相応の時間をと労力をかけて得たものだ。

自分も同じ恩恵にあずかっているのだから、ずるだなんだという気はない。

「いや、そうじゃなくて」

気になる人物で、シンが浮かんだことを考えていたはずだ。

他愛のない会話の一幕。別に深く考える必要もないこと。だというのに、考えをやめようとは思わなかった。

浮かんだ理由は何だろうと考えてみる。

強いから？　よく知っているから？　それとも、少女たちが気にしていたように、気になっている。つまり、好きということだろうか。

「いやいやいや」

ベッドから体を起こし、首を左右に振って否定する。シンとは、そんな甘い感情を抱くような関係ではない。

ひとつ屋根の下で生活していたこともあったが、あれはあくまで利害が一致したがゆえの協力関係。

「そもそも、あの時のシンさんはそういうのを感じさせるような状態じゃなかったし」

デスゲームになる前のシンを、ミルトは知っている。

【THE NEW GATE】内では大抵の人が知っていたプレイヤーとしてのシンと、ミルトの友人から聞いていたシン。

それらを聞いていたミルトは、シンを少しだけ身近に感じていた。

そして、デスゲーム後の世界。

ゲーム攻略で共に戦うこともあったが、どちらかといえば、近寄りがたかった。プレイヤーからの期待を背負う姿が、疲れているように見えたからだ。

再会し、ともに行動をしていた際の姿は、もうミルトの知るシンではなかった。

「でも……」

豹変したと言われてなお、変わらないところがあった。ともに行動をしていたからこそ、気づいたこと。

自分が恋人の友人だったからか、それとも女だったからか。理由はわからないが、それでも行動の端々から自分への気遣いを感じていた。

そして、最後の時。自分を斬ったシンの表情を、ミルトは今でも覚えている。

「シンさんは、覚えているのかな」

あの時、シンは泣きそうな顔をしていた。

ミルトにとっては救いの刃だったが、シンにとっては違ったことくらいわかる。

変わったように見えても、根っこの部分は変わっていない。そうでなければ、あんな表情はしないだろう。

こちらで再会したときに、もとのシンに戻っていたのを見て、少しだけ安心したものだ。

「そ、そういえば」

再会した時のことを思い出して、ミルトは顔が赤くなるのを自覚した。当時、自分がどんな状態だったかは聞いている。

なぜ水浴びをしていたのかはわからない。わかっているのは、シンに裸を見られたということだ。襲い掛かったらしいので見るなというわけにもいかない。

「やばい。あらためて考えると、すごく恥ずかしい」

リアルでは看護師に世話をしてもらっていた。相手は同姓なので、見られたところでどうということはない。

ただ、それとこれとは話が違う。世話をしてもらう以外に初めて裸を、それも異性に見られたのだ。いくらミルトでも、気にしないとは言えないし思えない。

「原因はこれかな」

気になる人とは違うが、思い当たる理由はこのくらいだろう。そう考えて、ミルトは目を閉じた。

次の日、ミルトはまた食堂の端でため息をついていた。

「もうやだ」

今日もまた、アピール合戦があったのだ。それに加えて、今回は装備を譲ってほしいという貴族の代理人なる人物まで押しかけてきた。

ミルトの装備は今や貴重も貴重。そういった交渉役がやってくることも、珍しくなかった。ただ、精神的に参っているときに相手にはしたくない。

「どこかにいないかな。僕より強くて、装備とか気にしなくて、いやらしい視線も向けてこない人」

「何を言ってるの、この子」

「疲れてるんですよ。今回は一段と大変だったみたいですし」

いつもの位置に座る少女たちも、困惑気味だ。ミルトも贅沢を言っている自覚はある。そんな人物がいれば悩みはしない。

ただ、頭の中で考えるくらいは許されるだろう。できれば自分のことを理解してくれるとなおいい。からかいがいがあるとさらにいい。

ミルトの知る人物でそれらがあてはまるのは、やはりシンだ。

視線については少々見逃す必要があるが、顔ではなく胸を見て会話するようなやつらと比べれば気にならない。

戦闘力は圧倒的に上、装備はミルトの持つ装備程度なら掃いて捨てるほど持っている。

この世界で、ミルトの内面をもっとも知っているのもシンだ。

おまけに今のシンならからかいがいがある。少しくっつくだけでうろたえる姿を思い出し、つい笑ってしまった。

「なるほど、これは優良物件」

少し動機が不純かなと思いながら、そう口にする。

きっと、これは恋愛感情ではない。ただ、それに似た感情ではあるのだろう。

もしかすると、マリノというシンの恋人だった女性から、何度ものろけ話を聞いているうちに刷り込まれたのかもしれないなんて考えもする。

あんな風に、誰かのことを嬉しそうに話すような経験がないミルトにとって、マリノの表情や声から伝わる感情は少しうっとうしくもあり、うらやましくもあった。

この感情が恋になるのか、はたまた別の感情に変わるのか。

今のミルトには、まだわからない。それでも、悪いものにはならないと妙な確信があった。

「ああ、久しぶりに会いたいな」

会って他愛のない話がしたい。思い切り抱き着いて、うろたえる顔が見たい。そんなことを考えると、今までの鬱屈《うっくつ》とした感情が晴れていく。

「ほほう。会いたい、ねぇ」

「その話、詳しく聞きたいですね」

「しまった。口が滑った」

少しでも早く会いに行けるように、今はとにかく頑張ろう。

そう思い直し、ミルトはまずは問い詰めてくる少女たちをどうかわそうかと頭を巡らせた。

Status | ステータス紹介

THE NEW GATE

名前：ミルト
性別：女
種族：ハイピクシー

メインジョブ　：奇術師
サブジョブ　：狂戦士
冒険者ランク　：A
所属ギルド　：なし

●ステータス

LV：	255
HP：	8403
MP：	4427
STR：	876
VIT：	352
DEX：	705
AGI：	656
INT：	538
LUC：	70

●戦闘用装備

頭　：なし
胴　：流艶華装・胴
（HPボーナス[強]、MPボーナス[中]、一定確率でダメージ減少[特]）
腕　：流艶華装・腕
（DEXボーナス[強]、クリティカルダメージ増加[強]）
足　：流艶華装・足
（AGIボーナス[強]、クリティカルダメージ増加[強]）
アクセサリ　：神代のネックレス・幻
（状態異常無効、敵の命中率減少[特]）
武器　：オルドガンド
（対人特攻[特]、HP吸収[強]、障壁破砕[強]、使用者制限）
ガウバル
（対人特攻[特]、近接障壁形成、使用者制限）

●称号

- 魔槍斧ノ主
- 体術ノ達人
- 格闘妖精
- ご奉仕妖精
- 水精霊の盟友

etc

●スキル

- スラッシュ・ノヴァ
- 幻舞
- 明鏡止水
- 飛影
- スパニッシュ

etc

その他

- 元プレイヤー
- 元PK（プレイヤーキラー）

※ボーナス上昇値　微＜弱＜中＜強＜特

名前：シュマイア・ウル・キルモント

性別：女

種族：ドラグニル

メインジョブ：竜騎士
サブジョブ：剣士
冒険者ランク：なし
所属ギルド：キルモント

●ステータス

LV：	232
HP：	5348
MP：	4576
STR：	534
VIT：	429
DEX：	675
AGI：	406
INT：	344
LUC：	87

●戦闘用装備

頭：紅玉の髪留め（状態異常耐性[中]）
胴：銀魔鋼の軽鎧（VITボーナス[中]）
腕：銀魔鋼のガントレット（DEXボーナス[中]）
足：銀魔鋼のグリーブ（VITボーナス[弱]、AGIボーナス[弱]）
アクセサリ：紅玉のネックレス（状態異常耐性[弱]）
武器：竜気剣（種族ボーナス[中]）

●称号

- 魔剣ノ主
- 皇国の姫
- 飛竜の友
- ワイルド・ライダー
- 快活乙女《おてんば》

etc

●スキル

- エラー・スラッシュ
- ブラスト・クロス
- タイラント・ビート
- レッド・ムーン
- クリア・バイト

etc

その他

- 竜皇国第4皇女

名前：ダイルオビオン

種族：ハイスコーピオン

等級：なし

●ステータス

LV：	722
HP：	27889
MP：	15432
STR：	765
VIT：	726
DEX：	438
AGI：	447
INT：	221
LUC：	36

●戦闘用装備

なし

●称号

- 砂漠の暗殺者
- 大食漢

●スキル

- 溶解液生成
- 高速噴射
- 連続噴射
- シザープレス
- 悪路走破

etc

その他

- なし

名前：ファルシャクス

種族：ハイイーグル

等級：なし

●ステータス

LV：	602
HP：	17530
MP：	16550
STR：	533
VIT：	251
DEX：	473
AGI：	596
INT：	528
LUC：	46

●戦闘用装備

なし

●称号

- 空をゆくモノ
- スカイ・ハンター

●スキル

- スピア・ダイブ
- エア・バレット
- エア・ブースト
- イーグル・アイ

その他

- なし

名前：ヘルトロス・ガルズ

種族：ツインヘッド

等級：なし

●ステータス

LV：	840
HP：	32330
MP：	24300
STR：	734
VIT：	567
DEX：	432
AGI：	785
INT：	305
LUC：	29

●戦闘用装備

なし

●称号

- 二頭を持つモノ
- 炎雷の暴君
- 追跡者
- 統率者

●スキル

- フレア・ファング
- サンダー・ロア
- デュアル・ブレス
- テラー・クロー
- ブラッド・チェイス

etc

その他

- 上位個体

ネットで話題沸騰！
アルファポリスWeb漫画
面白い漫画が毎週読める!!
アルファポリス COMICS
原作 柳内たくみ 漫画 竿尾悟
ゲート GATE 自衛隊 彼の地にて、斯く戦えり
原作 あずみ圭 漫画 木野コトラ
月が導く異世界道中
原作 雪塚ゆず 漫画 紗月なびこ
追い出されたら、何かと上手くいきまして
OIDASARETARA NANIKATO UMAKUIKIMASHITE
原作 寺尾友希 漫画 雨理ユウ
レベル596の鍛冶見習い
原作 さとう 漫画 小田山るすけ
大自然の魔法師アシュト、廃れた領地でスローライフ
原作 まはぷる 漫画 トミイ大塚
巻き込まれ召喚!? そして私は『神』でした??
人気連載陣
THE NEW GATE
居酒屋ぼったくり
素材採取家の異世界旅行記
異世界ゆるり紀行 ～子育てしながら冒険者します～
いずれ最強の錬金術師?
追い出された万能職に新しい人生が始まりました
勘違いの工房主
and more...
原作 椎名ほわほわ 漫画 六堂秀哉
とあるおっさんのVRMMO活動記
漫画：小早川ハルヨシ
Re:MONSTER リ・モンスター
選りすぐりのWeb漫画が
無料で読み放題！
今すぐアクセス！
アルファポリス 漫画
検索
アルファポリスアプリ
スマホでも漫画が読める！
App Store/Google play
でダウンロード！

気ままなおっさんの異世界ぶらりファンタジー、開幕!

神様のミスで、異世界に転生することになった四十路のおっさん、憲《のり》人《と》。お詫びにチートスキル9個を与えられ、聖獣フェンリルと大精霊までお供につけてもらった彼は、この世界でしか味わえない魔物グルメを楽しむという、ささやかな希望を抱く。しかし、そのチートすぎるスキルが災いし、彼を利用しようとする者達によって、穏やかな生活が乱されてしまう!?　四十路のおっさんが、魔物グルメを求めて異世界を駆け巡る!

◆定価：本体1200円＋税　◆ISBN：978-4-434-27773-3　◆Illustration：蓮禾

異世界転移で
クラスメイトと領地育成対決!?

生まれついての悪人面で周りから避けられている高校生・善治《ぜんじ》は、ある日突然、クラスごと異世界に転移させられ、気まぐれな神様から「領地経営」を命じられる。善治は最高の「S」ランク領地を割り当てられるが、人気者の坂宮に難癖をつけられ、無理やり領地を奪われてしまった!　代わりに手にしたのは、領民ゼロの大ハズレ土地……途方に暮れる善治だったが、クラスメイト達を見返すため、神から与えられた「生産スキル」の力で最高の領地を育てると決意する!

◉定価：本体1200円＋税　◉ISBN：978-4-434-27774-0　◉Illustration：三弥カズトモ

この作品に対する皆様のご意見・ご感想をお待ちしております。

おハガキ・お手紙は以下の宛先にお送りください。

【宛先】

〒150-6008東京都渋谷区恵比寿4-20-3恵比寿ガーデンプレイスタワー8F
（株）アルファポリス　書籍感想係

メールフォームでのご意見・ご感想は右のQRコードから、
あるいは以下のワードで検索をかけてください。

アルファポリス　書籍の感想　検索

ご感想はこちらから

本書はWebサイト「アルファポリス」（https://www.alphapolis.co.jp/）に投稿されたものを、改稿、加筆のうえ書籍化したものです。

THE《ザ》 NEW《ニュー》 GATE《ゲート》　17. 皇国防衛戦《こうこくぼうえいせん》

風波《かざなみ》しのぎ　著

2020年9月4日初版発行

編集－宮本剛
編集長－太田鉄平
発行者－梶本雄介
発行所－株式会社アルファポリス
〒150-6008東京都渋谷区恵比寿4-20-3恵比寿ガーデンプレイスタワー8F
TEL 03-6277-1601（営業）03-6277-1602（編集）
URL https://www.alphapolis.co.jp/
発売元－株式会社星雲社（共同出版社・流通責任出版社）
〒112-0005東京都文京区水道1-3-30
TEL 03-3868-3275
イラスト－晩杯あきら
URL https://www.pixiv.net/member.php?id=27452
地図イラスト－サワダサワコ
デザイン－ansyyqdesign
印刷－中央精版印刷株式会社

価格はカバーに表示されてあります。

落丁乱丁の場合はアルファポリスまでご連絡ください。

送料は小社負担でお取り替えします。


ISBN978-4-434-27777-1 C0093